U0010449

40天基礎
日語自學課

楊筠 *Yuna* 著

晨星出版

我的起點是大學附屬的一間小小書局

你好！我是Yuna。

感謝你拿起手中的這本書（或者是瀏覽網路書店而注意到）。

我要跟大家坦白一件事。

以前的我，一翻開教科書就會想睡覺，日語的經典教材更是看沒幾課就果斷放棄，挫折感很大。看書對我來說，曾經如同酷刑。

可是，自認一無是處的我，實在不想放棄當時唯一且存在一點點興趣的──日文」。於是，從一間小小的實體書店，開始我的「有趣書籍的探索之旅」。想用比較「奇怪」的方式，開始實驗、安排我的學習計畫。反正學校的那套似乎不太適合我，倒不如自己來摸索嘗試一下，也許會有新的發現也說不定？

抱著這樣的心態，開始主動挑選自己看得順眼、覺得有趣的書籍。

這才讓我意外地，愛上了讀書。

....

你曾經也對「如何開始自學日文」，感到困擾嗎？

如果有的話……

握握手！我也有過一樣的感受。

艱澀難懂的專有名詞、複雜的中文解釋方式、密密麻麻的內容……還沒翻開書，就先感受到那股窒息感迎面而來。

不知道自己學習的內容，意義何在？也曾經產生疑惑：了無新意的學習方式，真的是有效的嗎？

每次當自己又莫名地鼓起勇氣，翻開課本，準備開始孤軍奮戰：「嗯？這個好像不太懂……」「這個也看不懂……」過沒幾分鐘，又默默地把書本給闔上……。還是洗洗睡吧！也許自己本來就不適合這條路，心裡如是想。

這本書，想消除的是，初接觸新事物時，帶給人的那份恐懼與不安。

一瞥日文的世界觀，初步建立起你對日文的認知（以一個比較輕鬆、有趣的方式）。跨越一開始的巨大高牆後，後面的路，就會比較容易一些（雖然，還是會有很多難關在依序等著我們）。

只是希望你能用輕鬆、愉悅的心情，翻開這本書，讓它帶你進入日文的奇妙世界，盡情地享受接觸語言的美好。

若能藉由這本書，讓你再度重拾（不知道放下過幾次）對日文的興趣、或點燃你心中想要繼續跟日文糾纏（？）不清的熊熊熱情，那會是我萬分的榮幸。

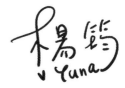

目次 Contents

CHAPTER 2 化繁為簡！先學重要概念

CHAPTER 3 生活／時事／流行語例句：
學習實用表達法

CHAPTER 1

自學前，
要知道的 12 件事

ⓛ　找到強大的學習動機，才能讓人學得心甘情願

　　第一次接觸外語，完全是出自「不情願」：小時候，在外在環境的壓迫與驅使下，半推半就地被送往了英文補習班，而那正是我記憶中，最痛苦、最恐懼的學習經驗之一。

　　我們這裡是小鄉下，沒有都市補習班的競爭壓力，沒有競爭帶來的催化劑，鄰近的家長們也就沒有其他選擇，只是一窩蜂地把孩子通通送到同一間補習班（也是唯一一間補習班）。

　　至今我仍記憶猶新，在將近20年前，那些老師教育下一代孩子的方式不外乎是抄寫課文、上課時間叫同學起來念課文消磨時間（沒有針對發音做糾正）、大大小小的隨堂測驗、花大半課堂時間在抓狂暴打孩子……喔不不不，講太快了更正一下，是含辛茹苦地希望我們能上進（？）。

　　有一次，有個女生被老師宣告要打200下。（你知道的，就是用我們熟悉的那個「愛的小手」）。100下之後，我看著她泛紅甚至微腫的雙手、哭紅的雙眼、不自覺顫抖的身體、忍不住的疼痛而讓大腦下令自動抽離的雙手，在老師再度拿出他的藤條時──她已經接近崩潰邊緣。（我甚至懷疑那位老師可能是利用打人在發洩壓力？）

　　當時的我們──不過是年僅10歲的孩子罷了。

　　寫不完又毫無實質意義的數百次罰寫，我完全不記得有從課堂中得到什麼收穫，只記得老師一直在上課時間吃便當、漫不經心、目中無人……

　　喔！唯一讓我很肯定的是，這次的經驗──讓我澈澈底底恨透了英文。

　　這真的是棒透了，一個月每人將近快萬的學費、每週上兩次（請再讓我提醒一下：那是20年前），完美地讓我打從心底，真心厭惡學習外語這件事。

可以很肯定的說，是一種資源上的浪費：這個資源，是我們的時間、是家長用勞力與汗水換取而來的金錢，同時——也扼殺了孩子從小培養起喜歡學習的可能性。

最讓我為之震撼、烙印在腦海裡的一次回憶是：有一次，有同學向家長反應老師上課吃便當、漫不經心的上課方式後（終於啊），這位老師便在課堂上，向全部的孩子們說：「聽說你們有人告狀我上課吃便當？沒辦法啊，誰叫我那麼有實力，有實力就可以為所欲為，等你們也變成我這樣再來跟我爭論吧！」

賽爾維亞在西元1900年前出的預言書（預言到世界一、二次大戰那本），裡面有一段話：「人類的愚蠢是來自於知識。」

當時的我便下定決心：「嗯，長大之後，絕對不要成為這樣的大人。」

⑩2 只是想順利交流，不是想成為文法專家
理解母語人士的說話架構、思維與習慣

大部分教科書的編排方式（當然也包括糾纏不清的英文），大多會以一個個文法單元去展開內容。對於一個非母語人士來說，學文法當然有其必要性，它讓我們有個方針可以去判斷正確性，但同時它也有缺點：**消耗我們學習的熱情、迷失我們學習的目的、缺少直覺性的身體反應**；單純記憶規則的話，很難內化成（像母語般的）反射動作。使用中文時，我們不需要在腦中慢慢地組織文法才能把話給說出來，我們是靠不斷地「重複」達到「內化」、不經思考也能順暢說出的程度的，學習外語——也是一樣。

　　請別誤會——當然了，在沒有外語立體環繞的生活環境下，後天學習語言時，還是需要文法的輔助，幫助我們有準則地檢視自己的輸出內容；只是，我想說的是：我們並不需要成為文法專家，有一些文法，它雖然存在，但是使用頻率不高，學了也很少派上用場；又或者是，我們在課本上讀到了一個用法，就算有例句、有使用說明，但我們還是不能確定是在何種情境下被拿出來使用（因為語言很細膩）。

　　我的想法是——初學時期，為了不讓熱情被消耗得煙飛雲散，我們只要先理解組織句子及架構時，需要用到的文法概念即可。呼！鬆一口氣，聽起來減輕了不少負擔對吧？

　　一個語言，也就是另一個世界觀，當我們要跳脫中文的講話方式，跳入到另一個國家、民族的思考模式、學習他們是如何使用語言在表達想法的時候，我們可以把這些規則想成是「他們說話時的一些習慣」。

　　有一些習慣（文法規則）之間，有著共通的特點，讓我們能夠有跡可循、以理解的方式去內化；有一些則沒有，沒有的部分，需要靠它反覆不停的「出現」，我們的大腦才會把它放入重要的長期記憶區。語言，又與其他領域不同，需要用到我們身體的其他器官（嘴巴、耳朵）才能達到真正學會以及活用的程度。不是先有規則才有語言，而是先有語言之後——我們才去歸納它其中的共通原則的。

　　所以，理解母語人士在組織句子時的思考模式及習慣、學習核心概念、俯瞰日文的世界觀，是個在初學時期，增加成就感、減少挫折感的學習方式；不是那麼必要的、瑣碎的文法細節以及過多（永遠都不可能有背完的一天）的單字，可以留在實際應用，或是平時透過自己有興趣的主題內容及影片去學習、練習（這個我們後面會聊到）時，再慢慢地加以感受、熟悉即可。學習語言時，了解母語人士使用語言時的思維及邏輯，除了能讓我們避免陷入中文思考之外，用心去感受，而不只是單純用頭腦去理解，也能幫助我們記得比較久。

回到我們第一段的主題——過度的鑽研文法會：

(1) 消耗我們學習的熱情

　　若不是出自被迫學習（如英文），通常我們會對一個語言感興趣，是出自於我們對他們的文化、國家、習俗或者人，興起想要了解他們、知道更多的欲望。過度鑽研瑣碎、必要性不強的文法，可能會讓我們在還沒體驗到自己真正想要的異國文化的滋味之前，就陣亡了。

(2) 迷失我們學習的目的

　　每個人學習的目的各自不同，有的人是希望能夠跟對方交談、聊聊不同文化的差異及有趣之處；有的人是為了工作，而有的人則是希望能夠到日本生活、定居，全盤感受他們身處的世界。我們可以依照不同的目的，去制定適合自己的讀書計畫，讓願景符合自己每天微小不間斷的累積，感受到自己的成長是和未來的目標緊緊相連的，這也會對「維持學習的動力」有所幫助。

(3) 缺少直覺性的身體反應

　　如同前面所述，我們不會在講語言時，還要在腦中先思索過一遍文法，才能把話講出口。所以，如果把過多時間都花在鑽研文法上，而不是培養自己「能夠在各自不同的情境下，直覺、反射性地說出自己的想法」的話，就無法達到順暢的溝通。畢竟，語言就是一種身體的直覺反應，是一個需要靠我們不斷「理解、練習、重複、內化」，再繼續「理解、練習、重複、內化」的結果。

　　理解大方向、握好方向盤後，其他會出現的眉眉角角和各種狀況，則需要仰賴我們不斷地接觸、犯錯、再從中學習了。

⑥3 為了什麼而學日文的？

　　想學日文的人很多，中途放棄的人更多，如果沒有一個明確、清晰、支持著自己學習的動機或目標，要堅持下去還真的滿有難度。

　　你為什麼想學日文呢？學日文這件事，跟你腦中所描繪的美好未來，有什麼樣的關聯呢？嗯，我好像聽到些許答案在我耳邊徘徊了：「喜歡日本文化」、「愛看日劇」、「想要聽懂他們在說什麼」、「想要可以旅遊暢行無阻」……。是的，這些確實都能成為「激起我們嘗試一件新事物」的熱情「導火線」，但是，也可能因為動機不夠強烈、與我們未來的生活連結過於薄弱等因素，而容易讓我們在學習中遇到挫折，或暫且還沒看到成果時，揮揮衣袖道一聲「反正我就是學不來」、「我應該沒有資質吧」，允許自己就這麼「輕言放棄」。僅僅只有「興趣」、「喜歡」的話，可能會很難走到最後。興趣激起了我們行動的初心，這是件好事，但在學習的途中，還需要誕生一些更強大、更堅定的目標，才能夠讓我們在夜深人靜、獨自一人孤獨地學習時，還能持續推動著我們前進。

　　強烈支持著我們的目的很重要，所以，我們得騰出一些時間，好好地沉澱思考一下：「我到底是為了什麼學日文？我想達到什麼樣的程度？」先把這件事給想清楚，可以幫助我們釐清自己的首要目標、制定自己的讀書計畫、也方便讓我們有個基準──可以檢視自己的學習成果。

　　語言的東西是學不完的，我們得先縮小自己想要的範圍，也許你的目標比較難，那我們就可以把它拆分成小的階段性目標（里程碑）去逐步實現。以當時的我來說，下定決心開始自學日文的目標是：「畢業後去日本工作」。其實在正式開始自學日文前，我就曾經接觸過日文了，只是因為動機不夠強烈，既稱不上是哈日族、也沒有很喜歡看日劇，只是想說「來學一下第二外語

好了」。抱著這樣薄弱的動機和不夠堅定的心態，在學了一點點皮毛（大概是五十音以及開始上初級第一課的程度），還沒有真正開始接觸日文前，就陣亡放棄了。

回到目標，就我自己的情況來說是「畢業後去日本工作」，在距離畢業只剩下一年多時，我問自己：「該如何達成這個目標？」補習？還是自修？評估了自己當時的狀況與條件後，我最後是選擇了在家自修（下一單元會再提及），設下我的第一個小階段目標——能夠上網跟日本人簡單聊天，第一步是先到書局尋找市面上有無符合該學習目標的教材。

對，我的第一步並不是去買那些整套、知名的日語學習系列叢書，原因是因為——從多年前的個人經驗得知：一來它比較適合有老師引導、二來則是太過「詳細」。在目的是首重「能先跟日本人簡單聊天」、時間又相當緊湊的情況之下，判斷該教材可能暫時不符合「我的目的」，所以才選擇了別的方式。

選擇了自行摸索的道路，盡可能地降低、減少了初學時期會感受到的強烈挫折感(但還是無法完全避開)，也正是因為「知道自己每天的學習內容，都連結著自己的目標與想要的未來」，才能幫我量身打造出我腦中描繪出的道路（如果發現教材不適合，我會直接停止使用）。

這樣清晰的願景，帶給了我每天願意持續練習的動力。

04 自學不一定適合每個人
自學前先了解優缺點、釐清自我喜好、評估可行程度

在開始自學之前，還有一些重要的事要釐清——我們到底適不適合自學？

自學的優點是時間彈性、不用配合他人進度，可以充分地利用時間。最重要的是：可以按照自己學習的「主要目的」安排讀書計畫。沒有考試的壓力，可以隨時依照自己情況進行調整。至於缺點，其實也不少（汗）。

以我當時的學習目的來說，在時間緊湊、所在地交通又很不便的情況下，實在很難再額外花大把時間在通勤上，清楚認知到這點後，我就直接打消上實體補習班的念頭（當時是線上課程尚未盛行的年代……）。

了解到自學的優點後，我們再來釐清一下——如果想要自學的話，需要什麼樣的能力呢？

(1) 維持「自律」

首先我們得先檢視自己的自律程度，沒有老師在旁引導的自學，容易造成學習上的混亂，也沒有人能夠幫忙糾正錯誤等。這時也不能放任著問題不管，必須學會主動去找解決的方法——不管是重新審視自己訂立的讀書計畫、又或者是想辦法搞懂不清楚的文法……都需要我們學會自動自發，找出問題、評估問題、尋求解決方式（不管是想辦法請教人、看書、又或是上網找資料）。

(2) 找答案時的「耐心」

有很多時候，你都必須埋首在「搞不懂→找資料→概念還是有點模糊→參考多方資料→好像變得清楚一點（or也有可能會變得更混亂）→應用、練習

→變得清楚」的過程。這個必經的過程，有時會讓人想抓狂，但是不能失去耐心，深信在一次次看到它不斷反覆、一而再再而三地重複出現後，總有一天能把這些用法內化到自己的身體裡面（需要同步搭配練習）。但是，你要永遠對它們保持耐心。

(3) 願意花費時間大量「練習」

語言最常用到的器官不是眼睛，而是我們的「嘴巴」跟「耳朵」。無法單靠頭腦理解就達到成果，相反地，比起腦內的知識，它更需要我們不斷地去輸出、練習，而最後會成為我們身體的一部分，就像反射動作那樣，不假思索。

(4) 試錯、評估、調整、改變的「判斷力與行動力」

自己找的資源，又或者是自行訂立的讀書計畫，一定都會有「中途發現好像不太對」的時候。有時候是：發現教材好像不太適合自己；有時候則是：執行計畫好幾個月後還是沒有看到什麼成果，進而感到挫折、漸漸失去動力。

發現錯誤時，要學習自行去評估：哪裡出錯了？出現什麼問題？如果自行找資料始終抓不出問題所在的話，建議還是找到可信任的老師請教，請對方幫忙提點出問題處（也可能會聽到過往經驗的分享，對於時常摸不清楚方向的自學者來說，同樣很有幫助）。評估過後，開始對學習內容進行調整、改變，不管是要斷捨離不適合的教材，還是要重新擬定讀書計畫……。

可以說這些「特點」對很多人來說可能是缺點，也是自學者常常會卡關、中途放棄的原因；但並不是說，非自學就不需要這樣的能力。即便有老師幫忙規劃課程內容、給予建議及引導，老師至多也只能達到輔助的作用，要能夠把語言真正變成自己的東西，達到自己心目中那樣理想的模樣，終究還是都要靠自己的，只是經驗者或專業人士的輔助，能夠幫助學生少走彎路、節省時間、加快過程的推進。

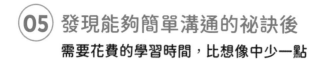

05　發現能夠簡單溝通的祕訣後
需要花費的學習時間，比想像中少一點

前面有提到，因爲時間上很緊湊，所以我捨棄了一般傳統的學習叢書系列，而選擇了「自行去挑選市面上合適書籍」的方式。在自學日文的過程中，我得到的不只是日文，除了那些書本上的知識之外，更多的是——自律性、自己解決問題的能力、敢於嘗試與改變的行動力等，同時得到了這些能夠讓我運用在其他生活面向上的能力。

除此之外，我領悟到了一些學習時的通則，後來把這些通則應用在其他語言或跨領域的學習上，依舊很有幫助，也能夠給迷失的自己調整方向。

一、精簡＆精煉──把一本好書的內容鑽研到極致

簡單來說就是：與其讀很多很多書，不如把一本好書的內容鑽研到極致、透澈，直到能夠完全理解且應用自如的程度。讀第一遍的時候，書的內容對我們來說是全新的，看過一遍後，能夠吸收的內容很有限，大多數都會忘光光，所以我們必須要一直看、反覆看，充分吸收（輸入）之後，最好能夠在實際生活中運用看看。「輸出」之後再回去翻閱一下書籍，這本書的功能會變得像是「查詢必要資訊時」的「工具書」。

說到實體書，我自己有幾個挑書時的原則，提供給大家做參考：

(1) 純會話（沒有情境）的書不買。如果要購買會話書的話，還是推薦選擇附有情境的爲佳，否則學了也不知道什麼時候用。

(2) 單字書不買。單字的話，個人傾向從較生活化的有聲影片中學習。一來可以確保它們都是一些出現頻率較高的單字，二來可以確認該單字出現在句子裡時的發音和聽起來的感覺，最後，如果真的是超實用的單字，那它就會反覆在影片中不斷出現，這個反覆的過程，才能使它真正進入我們大腦的深層記憶區。

(3) 美編與排版過度擁擠、全部都是字……閱讀起來較不舒服的不買。這個道理我想大家都知道，排版不佳會造成閱讀意願降低，連帶影響到閱讀速度與吸收的品質。

(4) 語言風格太多專有名詞、中文解釋方式過於複雜難懂的……

二、從「知道」到「學會」的距離──記憶語言的不是頭腦，而是身體

前面也有提過這個概念──語言學到最後，會像身體的反射動作，大多時候是不需要經過頭腦思考的（除非是要發表一些較困難，需要事先思考的發言之外）。我的實際作法：除了後面會提到的影片跟讀之外，還有三個小撇步可以增添平時練習的頻率：

(1) 反覆閱讀相同內容時，試著思考如何運用裡面教的概念造句。

(2) 生活中，刻意去把眼前的景象或內心的想法轉化成日文。

(3) 把腦內的聲音轉化為實際的聲音，直接說出來。（當然，要以「不嚇到別人」為前提……）

「習得外語能力」的這個結果──就是個反覆「不斷輸入又輸出」的過程，直到身體習慣變成反射動作為止。

三、別太鑽牛角尖──遇到令人混淆的難解概念怎麼辦

還有一個相當擾人的問題，相信大家也遇到過，那就是──老是覺得自己觀念有點模糊，處在「有點一知半解」的狀態中。

我認為，這個現象很正常，畢竟另一個語言，代表另一個全新的世界觀與說話習慣。語言的表達其實很複雜且細膩，稍微改變措辭，傳達給人的語氣和感覺可能就會有所改變，而這正是「語言」經過「時間」而「累積」下來的結果，要求自己一時半刻就全盤了解是不切實際的。

那，到底該怎麼辦呢？

我的建議是──可以先釐清主要的概念（大方向），拋棄太過瑣碎、複雜、不常用的用法。這同樣呼應到我們前面提過的內容。

(1) 有的時候，太過瑣碎的內容，是需要在實戰應用中去感受跟體會的（好處是記得深，也更能精準地內化使用時機和細微語感）。如果每個問題都太過鑽牛角尖，可能會導致進度的落後，甚至會打擊到自己的信心。

(2) 當然了，這又衍生出另一個問題──如何評估這是不是重要的概念？這時如果能有人提點一下，自然是比較理想的作法；如果沒有的話，則可以透過生活化的影片去實際檢測、觀察都用到了什麼，也是一個方式。

四、無需硬記單字──記住單字＝進入腦中的深層記憶區

如果把大腦的記憶區分成「長期記憶區」及「短期記憶區」的話，短期記憶區適合短時間的硬背，可適用於檢定考等需求上。為了要讓學習到的內容進入大腦的長期記憶區，我們得先讓大腦認定「喔！這個很常出現，這個訊息應該很重要」才行。

(1) 不斷重複地看到同一個字時，它才有可能進入深層記憶區內。

(2) 學完基礎概念，程度達到可以「自行透過影片學習」的水準之後，以自己的興趣為出發點，找閒暇時喜歡看的影片類型，例如：烹飪、運動、美妝等，上網挑選該主題的影視作品或者YT 頻道。又或者從自己喜愛的作品下手，挑出一些生活、情境類的影片，從中學習。難易度要挑選「能夠聽懂6～7成內容」的為主，從中學習那不熟悉的3～4 成。真正重要且實用的單字，出現頻率都很高，那些反覆不斷出現的單字，就是我們真的用得上、應該去記住的單字。

五、從實際應用去理解──「規則」是從說話習慣中彙整出來的

我們可以把規則想成是對方的一種「說話習慣」，先有這些通用的說話習慣，才有後人去統整其中的規律。有些規則很有趣，可以用「理解」的方式去記憶，例如我們等等會在Day11提到的「自動詞」和「他動詞」概念：為什麼要有「自／他動詞」？分別代表了什麼不同的意義？其實是和你說話時所選擇切入的角度有關係。

コップが落ちた。
杯子（自己）掉下來了。

君がコップを落とした。
就是你把杯子弄掉的。

06 用得到才去學，不當「背多分」
背了很多但不會用嗎？沒用到，大腦自然會丟掉

剛剛已經提過，用頭腦硬記只適合短期記憶用途（例如準備考試），但無法真正被大腦歸類為重要資訊而長期存放，導致背了就忘。除此之外，還有一個問題是背了很多，卻不知道如何使用（使用方法）、何時使用（使用時機）。自學日文是我那個時候前所未有的全新嘗試：試著自己找教材、規劃學習內容、找出錯誤並修正。沒有老師安排好的路，我也因此得以捨棄過往傳統的學習模式、大膽實踐內心構思的道路。

用影片進行學習有很多好處（請容許我小小提醒一下：因為是在「學習」，而不是在「娛樂」，看影片的過程要很「刻意」去執行自己安排好的學習方式，才會真正有效果），其中有幾個好處可以解決我們上述提到「背了就忘」、「不知如何使用」、「不知何時使用」的困擾：

(1) 訓練聽力與口說時會需要反覆播放好幾次：大腦判定為重要資訊，趕緊納入長期記憶區。

(2) 有畫面、有對話：因為影片有情境，也有演員的表情，你可以很容易地去精準地記住、內化正確的使用時機，再遇到相似的情境時，就可以從自己的「腦內資料庫」整個搬出來使用。

(3) 用影片進行刻意練習：在正式進入聽力及口說的練習前，需要先研究一下裡頭出現的台詞與句子的用法，這時就可以連同整個句子，把用法給記下來，也可以避免自行造句所導致的錯誤。

如果挑選的是生活化、近代的影片（情境類型、愛情類型等，主題或領域不能太獨特或冷門；同時，年代也不能太久遠，避免用字已經被淘汰），裡頭出現的文法、句型和單字，十之八九都是實用、使用頻率高的用法；這類的影片，等於自動幫我們篩選掉了比較不重要的內容、抓出我們真正需要的核心精華，這不是很棒嗎？

　　最後，想針對「製作單字本」這件事，分享一下我的作法：先從結論說起──基本上我不太會去做單字本。原因如上，我覺得如果是重要的，它就會一直出現（前提是：要保持時常接觸日文影片的習慣）。即便我刻意做了單字本，也常常會做了就忘、不會再去翻第二次，即便看了也無法精準地理解它們的使用方式（回歸到我們一開始提出的問題），所以基於上述原因，我個人不會再花時間去製作單字本。但是，如果只是把單字本當作查詢的工具，只寫下自己用得到的單字，方便日後遺忘時快速檢索，這反而是一個可行且不錯的方式。

　　不過，有一個例外想特別提醒：如果是從事翻譯工作的話，就會需要製作到單字本。牽涉到翻譯工作時，領域和主題經常是五花八門的，很多都是你在生活中不會接觸到的東西，必須要額外學習，單靠生活化影片是無法學習到這麼廣、這麼深的知識的（所以，學習到一定程度後，可以依照自己的喜好與需求，進行「進階式」的練習，比如演講或新聞影片等難度較高的素材）。這種時候，自然是需要為此製作專用的單字本了。

無痛學文法，從真實生活中用得到的開始

　　接著，我們來討論一下許多人認為學一門新語言時的最大障礙──文法，想分享一下自己從「學習文法」到能夠「自由運用」的過程心得，同時給予初學者「應該如何看待、學習文法」的一些建議。

　　確實，在自學的初期階段，因為不懂的東西實在是太多，學習得滿痛苦的，而且也不知道為什麼會有這些文法規則、它的意義是什麼？除了硬記之外，我還能夠怎麼去理解它？

　　我當時的做法是，把我在課本上學到的內容，透過每天生活中遇到的情境、或者腦中產生的想法，嘗試去做「輸出」的動作（類似「自行造句」的概念）。當然，嘗試輸出的過程中，難免會產生「嗯？這樣說真的正確嗎？不會怪怪的嗎？」的疑問，所以，在嘗試造句之後，我會再回頭去翻閱課本，同時也會透過網路資源（中文及日文網站交叉查詢）來進行推敲與確認。這是一段漫長且辛苦的過程，但是一旦你突破這個初期的難關，後面遇到的問題（仍然會有新的階段性障礙出現）會變得迎刃而解，比較不會再發生「卡關卡很久仍然說不出口」的情況。

　　這是我從初期一路到進階時期的文法學習方式之一，簡單來說──就是在生活中「刻意累積運用它的頻率」。「實際應用」（腦內小劇場也算）再加上「重複地查找資料」（課本或網路資源），讓原本陌生、模糊的概念，透過時間的堆疊越來越清晰（從「發散」到「收斂」的感覺），讓自己開始能夠下意識地去抓住使用時機和使用方式。這裡是透過「刻意運用」，而慢慢內化成反射動作的。

　　最後，給予大家「如何看待、學習文法」的一些個人建議：

(1) 從應用破解「規則」

　　舉個例子，當老師對學生說：「同學們！我們今天要來學日文助詞『に』。」然後洋洋灑灑列舉出各種不同的用途。用這樣的方式切入，可能容易會讓人誤會「是否就只能硬記呢？」另外，也因爲我們不理解這些用途從何而來，會導致容易看過就忘。我個人覺得，更好的教學方式是——直接透過實際應用（比如：對話例句）來了解母語人士是在何種情況下運用到這些規則的，對他們來說，這些規則代表了何種意義或核心概念？若我們真要從研究的角度切入，列出「に」的各種用途，確實可以從該語言的各種說話習慣推敲，幫「に」列出一大堆用途和解釋。不過，母語人士在思考「是否要用助詞に」時，不是先思考：「喔喔！『に』有blablabla……這幾種用途，所以我現在應該要用『に』才對。」更多時候是透過「に」的主要概念或語感，下意識地去自動辨別使用的。先對「に」有一個大方向概念，細節或深入的探討就留在日後。如果能在一開始就抓住「に」的主要核心概念，對於後續在研究它延伸出的其他用途時，也比較容易抓到理解的方向。

(2) 除了表面上的翻譯外，更要力求自己，盡可能地理解背後傳達出的「語感」

　　語言和用字遣詞是很纖細複雜的，不像數學公式A=B 那般簡單。「詞彙帶給聽者的感受——會導致同樣的詞，放在不同的句子裡時，產生截然不同的翻譯。」所以，如果我們只是單純記憶中文的「表面意思」，就很容易對詞彙本身的理解產生「誤導」，進而導致「誤用」（另一本著作《最強日文語感增強術》裡，就集結了許多常被誤用的詞彙），自己對於用法的理解，也會跟真實世界產生落差。

　　以大家熟知的「ちょっと待って」（揪兜媽day）來說，在被譯成中文時，常常就會被翻成「等一下」，於是大家對這詞彙的理解就變得根深蒂固。不過，中文裡的「等一下」，涵蓋的情境範圍比日文廣，舉凡要叫人停下腳步時的「站著、停下來」，又或者是請人「維持原本的狀態，稍等一下」時，我們都有可能

會用到「等一下」。可是，日文裡的「ちょっと待って」，傳達出的涵意偏向「請對方停下現在執行中的動作」，所以，如果只用中文的「等一下」去理解的話，就很容易造成誤用：明明是想要請對方「稍等一下」的，結果可能會讓人誤會成「哩嘎哇凍欸（台語）」！

08 帶你成長，一一擊破各種誤區

斷捨離！「後視鏡症候群」用過去失敗的方式重拾學習語言的惡夢

　　我個人相當敬佩的一位美國作家、演說家兼教練哈爾・埃爾羅德，曾經在他的知名著作 "The Miracle Morning" 裡提到「後視鏡症候群」這個概念：我們的潛在心理都有一面自我設限的後視鏡，讓我們誤以為過去的我們就是現在的我們，導致我們被過去的認知給侷限，阻礙我們發揮潛力。

　　我覺得這個想法，與「堅守舊有但低成效的外語學習方式」之間，有異曲同工之妙：我們不應該受到過去經驗的限制，要用其他別於過往的方式去重新看待學習外語這件事。

　　其實，在前面的幾個單元裡，我們就有陸陸續續提到那些學習語言時的「常見迷思與誤區」了，而之所以會產生這些迷思或誤區，主要還是來自我們過往的學習經驗，這裡就特別針對這些誤區做一個統整：

(1) 瘋狂背單字——成效不彰、背了容易忘、也容易背到使用頻率不高的字，當然，也不知道該如何使用在句子裡。

(2) 硬背文法、疏於輸出——這應該是學外語時，最常見的現象了。「輸出」不一定要去轉換環境才能辦到，舉凡「自言自語」、「腦中描述自己看到的景

象」、「試著將想法轉化成日文」等，都是有一定成效的輸出方式。此外，還可以透過喜歡的素材或影片，讓自己身處在外語的環境之中，如果能夠跟著影片進行「刻意練習」的話，還可以鍛鍊自己口說時的舌頭靈活度、聽力的敏銳程度，若要達到「順暢流利地利用外語與對方談話」的目標，這些都會是必備的條件之一。

（3）狂記中文字面翻譯，疏於理解使用情境與語感——語言很纖細，常常會因情境、場合或身分的些許不同，而去改變適合該情況的說法。只是單純記憶字面翻譯的中文意思，很容易會因為中文與外文之間本身既有的使用差異而產生認知上的落差，無法讓我們更精準地抓到「就是現在使用！」的時機。

（4）買了不適合的書，卻無法果斷放棄——沉沒成本。已經買了也沒有辦法，重要的是，若真覺得不適合的話，當機立斷捨棄並尋找下一本適合的教材，別因為捨不得付出的金錢成本，而花費更多的時間成本在上面。

09 直接模仿母語人士的表達方式吧！

　　學到進階程度之後，通常都會開始嘗試「自行造句」，此時會出現的問題就是——不確定自己造的句子有沒有怪怪的？

　　如果已經達到可以用日文書寫長篇日記、作文的程度，希望能夠有人來幫忙指正、批改的話，有一個推薦的方法是——直接請教母語人士。現在，線上家教平台相當火熱，都可以從自己喜愛的平台上，找到適合的老師；還

有另一種比較快速的方法是：上FB找「語言」、「日文家教」相關社團，上面也有不少母語人士在台從事家教的兼職工作。

如果你不想用這種方式的話，一樣可以透過影片，直接模仿母語人士的說話習慣，把台詞整句或整段一起記起來，也是一個讓自己慢慢習慣、理解，抓住母語人士使用方式的方法。練習多了之後，會發現母語人士在運用語言時的規律或習慣。比如說：當我們想跟別人說「你跟我說也沒用」表達出「無奈」、「自己也想不出解決辦法」的時候，在同樣的情境與語意下，日文習慣的說法就很不一樣，會說成：「私に言われても…」，反而是用到「被動形態」去表達「自己被他人這樣問，有點困擾」、「不知所措」的語氣。

我個人常常透過日劇或日文影片，觀察劇中情境、學習他們在該情境下的說話習慣，優點是：可以直接學到自然的講話方式；當腦內累積到一定量的資料庫後，就會發現漸漸能抓到對方使用語言時的邏輯，會知道「該怎麼說會是比較自然的、他們聽得懂的」。

⑩ 有目的性地進行跟讀和大量練習
刻意練習

一、要練到什麼程度？

在學習到一定基礎、有能力依靠喜愛的素材自行學習之後，我就把注意力轉到影片上了。

所謂的「口說流利」應該是怎麼樣的程度？這可能有點因人而異，有主觀的成分存在，而每個人的目的可能都不相同，這就會影響到素材的挑選以及

訓練的目的。所以第一步——先釐清自己進行口說訓練的主要目的、想達到的程度爲何，就很重要了。

我自己則是把口說能力分爲以下三個階段：

(1) 溝通：能進行簡單的對談

(2) 流利：可以流暢且無阻礙地表達自己的想法。

(3) 接近母語程度：理解文化、感受得到細微語感差異、聽得懂母語人士的笑話……

以目標1來說並不會太難達成，就算沒有特別做口說訓練，也有可能達到。目標2和3則是我們學語言，最想達到的程度。也必須要如此，我們可能才敢說自己「會講這個語言」，否則會長期停留在不是很有自信，只敢對他人說「會一點點」的階段上。

如果，不是生活在外語環境下的話，下苦功學習是必經之路、沒有捷徑。好消息是：我們現在有這麼多的資源供我們選擇，學習的方式、內容，也不再被傳統的教學模式給侷限住，可以自由地選擇「透過我們有興趣的內容，去達到我們的目標」。不再被侷限全部人都學一樣的東西，而這樣的學習，無疑是相當快樂的。（出社會之後的自主學習，感覺很棒！）

以目標2來說，我建議的方式是透過影片，每天幫自己主動打造出外語的環境，重點是——需要刻意練習，畢竟，語言不是用「看」的看進腦袋，而是用「身體」去記憶，達到自然反射的一個「結果」。如何去看一部影片？如何從中吸取裡面的內容？看影片的過程是需要特別設計過的，只把它當作「娛樂」在看，等於沒有真的練習到，內容也沒有真的內化成自己的東西。該階段可以挑選自己感興趣的教材：比如說你喜歡烹飪，那就找些母語人士開設的YT頻道（自媒體蓬勃發展帶來的優點），不過我個人更建議透過有提供各種字幕以及開關功能的影音付費平台，可切換字幕的功能對學習者來說是一大福

音，不用再像以前那樣還要拿紙遮擋字幕……（笑）

　　不過，目標2的能力涵蓋範圍滿廣的，透過喜歡的素材或生活化的影片學習一段時間後，學習上可能會出現卡關，發現自己無法跟對方深談、進行較複雜的對話。如果覺得無所謂，那也無妨，可以繼續透過原本的方式去維持水準；但是，如果不滿足於這樣的程度，想要再更上一層樓，能夠進行演說發表、深談一些比較複雜的內容，則建議試著更換學習資源的種類與程度，轉往較高階的「演講」或「新聞」，作爲主要的學習素材來源。

　　目標3接近母語程度，這個可說是相當困難。如果目標2是可以在兩三年內完成的目標的話；目標3則可能要花上數年、甚至十年也不爲過，除了需要多方涉獵不同領域的事物之外、可能還得要求自己更加深度地理解語言。理解對方國家的文化、語言的細微語感差異，甚至是笑話等。需要我們始終對該語言抱持著濃厚的興趣，研讀各類書籍，永遠研究、永遠學習、不對它感到倦怠。

二、談一下「刻意練習」

　　前面提到，單純以「娛樂」的方式是不能達到眞正的進步的，爲什麼呢？因爲沒有在「試錯」與「改善」。「能進步」的前提是建構在刻意練習之上的，我們先了解刻意練習能帶來什麼好處：

(1) 專注訓練

　　訓練時不能精神渙散，那樣當然是不會有效果。必須緊跟著自己的規劃、專注在每個階段所欲改善的能力。

(2) 發現錯誤

　　只有在有明確目的之下、階段性地進行練習時，我們才會從中發現理想（欲達到的能力程度）與現實（目前的能力）之間的差距，並找出自己的不足。

(3) 反覆改進

　　在這個過程中，我們會不斷地進行試錯、發現問題、對症下藥、解決問題，達到精進的成果前，是先經過不斷地犯錯，才能慢慢去改正並完善的。

三、跟讀&模仿說話的目的：練成反射動作

(1) 口說

　　1.訓練舌頭講外語時的流暢度

　　2.聽取並模仿母語人士的發音方式→修正發音

　　3.直接把母語人士的說話習慣學起來（連同情境整句話一起記起來）

(2) 聽力

　　1.提高自己耳朵的敏感度：有聽到

　　2.加快自己耳朵的反應速度：有聽懂

　　透過這樣不斷反覆練習的過程，「講語言的能力」會漸漸地被內化、深植在我們的身體、細胞裡，成為不太需要經過大腦思考處理的「反射動作」。

四、這種學習方式的缺點

　　缺點就是需要具備「自行查找資料」、「解決學習中遇到的問題」的能力。建議在評估自己的學習目的，找到適合類型的影片後，以自己原本就看得懂6～7 成內容的素材為佳。

五、進行跟讀的建議步驟

(1) 先了解影片的內容大意

「理解對方想表達的意思」，而不是拘泥在「翻譯用了哪個字」。*開中文字幕

(2) 查詢不懂的用法

可開始稍微動動嘴巴模仿對方說話，但不用要求到很精準。*開外文字幕

(3) 反覆聆聽並模仿到自己滿意的程度

覺得夠熟練即可or 設定複誦次數。*可開外文字幕，或直接把字幕關閉

🔍 **TIPS：**

(1) 完整模仿對方的「說話方式」：包括腔調、發音、抑揚頓挫、講述整句話時的發音方式（氣音、弱化不重要的音等）。

(2) 若行有餘力的話，建議可以挑戰不看字幕，閉上眼睛，直接模仿「自己耳朵聽到的發音」（避免受到字幕的干擾），能夠同時讓聽力更上一層樓。

(4) 關掉字幕，檢測自己的聽力能力

隨著一次次重複聆聽後，你的耳朵會越來越能抓到內容，聽起來的感覺也會更加清晰，漸漸達到「像母語程度那般，不需費力就能馬上聽懂內容」的程度。

⑪ 如何保持熱忱持續學習？
用最簡單的方法接觸日文，享受過程、才能加速成效！

　　最後，我想爲自己的實際經驗做個總結——保持學習熱情的方式：如果能夠通過前面層層關卡的考驗，相信後面的「持續學習」上，就會變輕鬆很多。

一、對語言的一切保持「好奇心」

　　學習是永無止盡的，語言尤其是。卽便已經考過N1，還是建議每天都要花時間在日文的學習上，不管是透過主題書籍、廣泛閱讀，又或者是透過自己（看不膩的）影片，都可以！只要你覺得適合自己（能夠持續下去的）都好。

　　以我來說，現在依舊會定期（其實是幾乎每天）花點時間，上網路書局去看最近出版的新書，看有沒有自己有興趣的主題，每天花一些時間在日文相關叢書上，透過書籍吸收新的知識（買書買到變鑽石會員……汗）。買書，幾乎不太會過度考慮，只要是自己感興趣的內容，就會毫不猶豫地買下。畢竟，一本書也沒多少錢，但是產出一本書卻很花時間……。以台灣的書本售價區間、跟書本涵蓋的價值比起來，是性價比很高的了。

　　總是有著自己仍不知道的知識，每天都學一點、慢慢地進步、持續發現新知，也是樂趣之一。

　　日文跟英文不一樣，對大部分的人來說，它不是學校規定的必學外語。相信大部分的人，都是以興趣爲出發點而開始學習的，既然是自己喜歡的東西，在我們出了學校、沒有考試、沒有老師後，我們依然會自發性地進行自主學習。

二、自己閒暇時會不由自主地去「看一下」的東西

是什麼呢？我想很多人的答案應該是——手機、YT頻道、社群平台，對吧？

如果是這樣的話，那就可以利用自己這些「下意識」去做的習慣，追蹤那些你感興趣主題的帳號，即便是在「放鬆片刻」、「摸一下手機填滿一時欲望」的零碎時間中，你都可以加減順便學習一下。以我來說，我有在IG上追蹤日本人開設的「雜學、豆知識」創作者帳號，以及「髮型設計」類的美容室帳號；YT的話，則有追蹤傑尼斯、喜歡藝人的帳號，以及自己感興趣的日本節目。

三、享受過程、加速成效

不管是要透過各大社群平台的創作者帳號，還是透過自己喜愛題材的日劇、電影，雖然不是「純娛樂」地在看這些東西（會需要我們停下來思考、會需要動動嘴巴練習），但是，有能力透過自己學習的語言，進而去了解感興趣的文化、知識、內容，是一件很開心的事。還有一個好處是，接收到的常常是第一手消息，不是被加工過的，得以讓我們從最原始的角度去評估、審視。

講了很多，謝謝大家看到這裡。

如果你是剛接觸日文的新手，非常開心你給自己這個機會去嘗試，試著踏入日文的世界，用全新的視角去看待這個語言文化。一旦迷上，語言的學習就是一條不歸路，但是，你會在路途中得到許多「連自己想都沒想過的驚喜和收穫」，偶爾跳出來幫你的人生「神展開」。多一個語言能力，多很多機會，它是個人覺得少數值得我們去投資、去培養的。它不僅僅是一項能力， 同時也是幫助我們豐富人生，展開各種未知、新世界，放大自身可能性與潛力的——生命中不可或缺（你會希望自己擁有的）的要素之一。

就讓我們一同展開這趟旅程吧！

(12) 關於自學日文的疑難雜症
IG讀者的Q&A問答

一、聽說讀寫類

(1) 無法口說（輸出）怎麼辦？

　　一開始會建議透過影片「模仿」的方式，觀察情境、模仿對話，慢慢培養起自己的語感，之後透過實戰（與日本人交談／到日本）或自言自語的方式，漸漸地去擴充、延伸對話時的應用能力。

(2) 聽力能力不足——用看的都會，但是遮住字幕時就不會了？

　　我自己也曾有過這樣的問題，因為實在是太習慣有字幕的存在了！會建議在跟讀練習做到比較熟練後，試著用無字幕（或者直接閉上眼睛）再看一次，藉由多次重看同一影片的方式，提高自己耳朵對於這些聲音的「敏銳程度」。

(3) 如何增進寫作能力？

　　寫作上，曾經用過可以與母語人士相互批改的線上寫作交流網站，但是成效比較不佳，若真的有心想要提升寫作能力，會建議花錢請線上家教幫忙批改，會是較佳的方式。

二、方法、心法、觀念類

(1) 學了文法，卻無法應用在生活上？

　　如果只看課本學習的話，會較難精準地抓住、判斷使用它們的時機，建議在學完了初級程度文法or核心概念，有了基礎的自學能力之後，可以將學習管道轉戰到影片（日劇／電影等）挑選適合自己程度的，直接透過影片去

學習說話情境＋用法（如果想要自行解決問題的話）。

(2) 無法擺脫母語思考模式、容易講出台式日文？

初學時期，如果又是自己造句的話，確實會很容易出現台式日文。行有餘力的話，建議可以在透過影片學習的時候，多加留意、觀察日本人的說話習慣，跟中文的講話習慣上有怎麼樣的落差。觀察這之間的落差，也有助於你更進一步思考：可能是什麼樣的文化或思維，造就了他們這樣子的說話方式。

(3) 如何才能說得更道地？

一樣，建議可以先從影片模仿開始，直接跟讀台詞、記憶情境、模仿母語人士的說話方式（包括發音方式、語調、節奏快慢等）。要注意的是：影片年代不可挑太久遠的。

三、助詞

很多小細節／很難分辨正確使用時機？

助詞當年也困擾了我許多（遙望），主要是用途太多，而且不同助詞之間，偶爾會出現可以通用，或者不同意思但差異很細微的情況，實在讓人頭痛。

我的建議做法是：先捨棄掉比較複雜、使用頻率較低的用法。再來，優先記憶助詞傳達給他人的「核心意象和感覺」，直接從核心意象去延伸記憶，會是比較有效率的方式。

正是因為意象給人的感覺很「抽象」，所以才能延伸出各種不同的用法。等到基礎的用法都熟悉了之後，再去鑽研助詞較細節、複雜、較少用的用法即可。

四、單字

(1) 對背單字的厭倦感？

比起背單字，「透澈理解」、「抓住情境」、「開口練習」更為重要，有時候我們只知表面的意思，但不懂背後的使用情境，導致即便勉強把單字記起來，也不知道如何用、何時用、用不用得出來？

(2) 有些發音有細微的差別，很難記，怎麼辦？

有些字發音成「しょう」，有些則是「しょ」，要怎麼記憶細微差別？「か」和「が」清音跟濁音之間的辨別方式。

我的建議是——不要特別花時間去記憶，只是徒增困擾。同一個字，反覆聽過幾遍後，耳朵就會變得越來越敏銳，會開始有一定能力可以辨別有「う」跟沒「う」時的微小差異。我自己在打字時，若遇到比較不常見、不熟悉的單字，也會需要查字典確認一下發音的。

至於標示時是「清音」，但發音時聽起來像「濁音」的現象，口說時很常見。清音如果碰到氣音的話，唸起來會不好發音（因為還要吐氣），因此時常會變成「聽起來」像濁音的清音（中文母語的人聽起來像濁音，但對日本人來說聽起來仍然是清音，因為他們能接受的音域比較廣），唸起來就順暢許多。跟前面的例子雷同，如果在「開口練習」的階段有好好練習的話，就會發現這是一個很自然的過程。如果有打字需求，就再另行確認一下字典上的實際標記方式即可。

五、發音類

(1) 重音該放哪裡？

我自己的話，會在聆聽日文雜誌或月刊（學習用）時，一邊聽音檔一邊畫記重音的高低起伏（可以簡略分成高低音），練習幾個月之後，會發現自

己開始能抓住整句話的高低起伏（會知道哪邊該升高音哪邊該降成低音），慢慢能夠體會其中的規律所在（其實說穿了還是回歸到那個原則──爲了方便發音）。

(2) 看不懂中文的解釋？

應該是指一般教科書對日文的解釋對吧？有時候在用中文解釋時，若偏向較學術的方式解答，眞的會比較難懂沒錯（有時候可能是表達方式比較難懂？），所以在選教材的時候也很重要，用字遣詞和解釋方式，盡可能選擇淺顯易懂、一針見血的，以「能看得懂中文解釋」的教材爲優先考量。

(3) 覺得自己的發音很奇怪，會有母語口音？

日本人講話聲音偏高亢、有精神，而中文相對來說則比較低沉一些。所以，如果沒有特別注重自己的腔調、刻意去做改進及模仿的話，發音聽起來可能就不會那麼道地了。個人的小建議是，在用日文練習說話時，可以試著用鼻腔去共鳴發聲（聽起來可能會帶有一點鼻音感），改變習慣發聲的器官，讓聲音變得高亢一些（比起講中文的時候）。

六、學習過程

(1) 要學的文法和文型太多？

一樣建議可以從自己感興趣又合乎自身程度的影片開始下手，合適的影片可以自動過濾掉使用頻率較低的文法和文型，減輕自己負擔的同時，又能學到最實用的。

(2) 無法持之以恆？

通常可能有兩種原因：1.學習動機還不夠強烈。2.還沒讓學習變成「樂趣」和「習慣」。可以參考我們在前面提過的內容加以改善。

(3) 自學遇到不懂時，不知要請教誰？

　　自學日文有問題時不知道要問誰、怕打擾到人、又怕問的問題程度太淺？是的，自學過程真的不簡單，什麼都要自己找答案，又不確定自己的理解是否正確，疑問常常不斷地堆積。如果經濟上允許的話，初學時期還是先請老師引導，待自己有解決問題的能力之後，再轉向自學的方式也不遲。

　　如果還是覺得自己很難解決問題的話，建議可以請線上家教，專門負責解答學習上的各種問題，也不失為一個有效的方式，畢竟，如果相互只是朋友身分的話，真的也不好意思一直打擾別人、佔用他人的時間。付費制的話，就能夠安心地問問題，也能夠解決「免費容易造成浪費」的現象。

化繁爲簡！
先學重要概念

出發囉

Day 01

前言及課前準備

progress

（🔍 學習目標）

❶ 課程宗旨與特色　　❷ 利用字典 APP 查找日文單字

❸ 日文文體差異與特色

這本書適合什麼程度的學生？

　　至少要對五十音很熟才行唷！看到字可以唸得出來，聽到可以寫得出來。

　　推薦的五十音學習 App，請參考右方這款：

五十音特訓

🔍 **學習目標 ❶**
課程宗旨與特色

　　首先，想先帶大家了解一下內容上的**「設計原則」**以及**「編排邏輯」**，首先是「設計原則」：

設計原則 ┬ **(1) 限定目的**（學習用得到的）
　　　　├ **(2) 簡化內容**（省略細部規則）
　　　　└ **(3) 應用**（CHAPTER 3 生活時事例句）

(1) 限定學習目的：刪除那些檢定考會出現，但實際上可能較少用的說法。

(2) 簡化內容：省略細部規則，避免初學挫折感襲來。

(3) 生活時事例句：在 CHAPTER 3 我們會透過一些大家可能耳熟能詳的例句，實際應用 CHAPTER 2 所學到的概念，增添記憶連結處與學習樂趣。

透過這些原則，可以達到**「減輕負擔」**、**「增添樂趣」**的目的，造成負擔的阻力減少，培養成習慣的機率就越高，看到成果的可能性就會越大，透過「減法學習」的方式，更能看到效果。接著是「編排邏輯」。

內容編排邏輯

日常對話 —— 反推 ⟶ 常用的表達

↓ 套用

需要的日文概念 ← 反推 —— 生活時事／流行語

CHAPTER 2 精選出的文法概念，是從日常對話反推出的「高頻率」表達方式，把這些表達套用在 CHAPTER 3 的「生活時事」、「流行語」例句裡，學習這些例句會用到的文法概念。藉此達到「提高學習內容實用度」的目的。

Q 學習目標 ❷
利用字典 APP 查找日文單字

首先，想跟大家分享我自己使用的App，叫做「MOJi」。MOJi 的單字有附中日文版本的解釋，各種用法也條列得很詳細，例句也很豐富。MOJi 是免費的，也可以升級付費版解鎖更多功能，我自己是用免費版的就很足夠囉！推薦給大家。

接著，要如何理解字典裡的資訊呢？

MOJi 辞書

Android　　　iOS

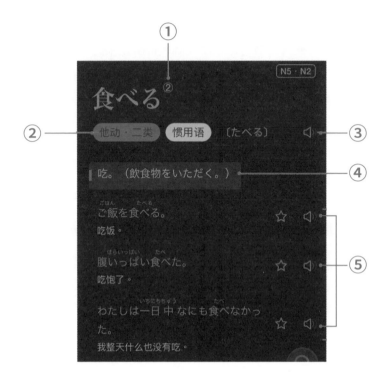

以動詞「食（た）べる」為例

① 數字代表了該單字的「重音」，發音時的高低起伏。

② 查看該字的詞性和類別，標示「他動」指的是「他動詞」；除了「他動」
之外，還會看到「自動」（自動詞），兩個都是「動詞」的意思。

③ 可以按右手邊的喇叭圖示「確認發音」。

*學會看重音標示後，也可以用位置①的「小圈圈數字」，直接判斷重音。

④ 該字典有單字的「中日文雙版本」解釋。

⑤ 這些例句都是該單字很常搭配的講法，造句造不出來的時候，這些例
句也提供了一個很好的參考管道。

「形容詞」 跟 「名詞」

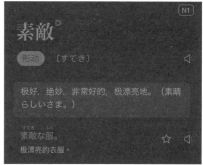

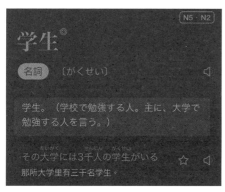

「い形容詞」會標記為「形」，而「な形容詞」則標記為「形動」，「い形容詞」是以「い」來連接名詞的，而「な形容詞」則是以「な」來連接。「な形容詞」又可稱為「形容動詞」，這裡的簡稱就是這麼來的。

🔍 **學習目標 ❸**

日文文體的差異與特色

撤除掉職場或正式場合中常見的「敬語」（尊敬語、謙讓語），平常生活中會用到的就是「常體」跟「禮貌體」。

日常生活中，「常體」跟「禮貌體」都很常用，會依照情境和對象去做切換，而帶給聽者不同的感受。

接下來，我們分別以日文三大句型「動詞句」、「名詞句」以及「形容詞句」，來看看它們在不同文體下的樣貌。

動詞句

例句　我要吃。

私_{わたし}は食_たべる。 ——— 原形
（辭書形）——— 常體

私_{わたし}は食_たべます。 ——— ます形 ——— 禮貌體

名詞句

例句　他是老師。

彼_{かれ}は先生_{せんせい}だ。 ——— 常體

彼_{かれ}は先生_{せんせい}です。 ——— 禮貌體

　　這裡的「だ」跟「です」都是「是～」的意思，「だ」是常體，而「です」則是禮貌體。

形容詞句

例句

彼女_{かのじょ}は綺麗_{きれい}だ。　她很漂亮。 ——————— 常體

ラーメンが美味_{おい}しいです。　拉麵很好吃。 ——— 禮貌體

　　「だ」跟「です」，原本都用在名詞句上，但後來也廣泛地套用在形容詞句上。這裡要注意的是，形容詞有「い形容詞」和「な形容詞」之分，它們的連接方式會有所不同。

以這裡的「綺麗」（な形容詞）以及「美味しい」（い形容詞）為例：「な形容詞」我們可以說「お花が綺麗だ」，也可以說「お花が綺麗です」，但是「い形容詞」就不太會說「ラーメンが美味しいだ」了，聽起來會有一點違和感。

補充說明

文體放在句子裡時的限制。

例句 我要吃媽媽做的蛋糕。

○（私は）母が作ったケーキを食べる。————常體

○（私は）母が作ったケーキを食べます。——禮貌體

✕（私は）母が作りましたケーキを食べます。

(1)「常體動詞」：可以直接用來修飾名詞。

　　＊「作った」修飾「ケーキ」

(2)「禮貌體動詞」：多數情況下，不會拿來修飾。

所以，「母が作りましたケーキを食べます」，聽起來就會比較不自然。**「不同文體」在不同的身分、情境下，帶給聽者「不同的感受」**。

常體

普遍來說，聽起來比較「輕鬆」，給人一股「親近感」。

使用對象：① 家人　② 朋友　③ 關係親近之人　④ 晚輩

要注意，如果用在不熟悉的人或職場上的話，可能會給人一種「我跟你很熟嗎？」或者「這個人有點輕率、不夠穩重」的印象。

禮貌體

給人「穩重」的感覺，同時也帶出了「距離感」。

使用對象：① 職場　②長輩　③陌生人

要注意，用在親近之人身上時，反而會讓彼此間產生距離，可能會讓對方誤會你要刻意「疏遠」他。

有趣的是，也正是因爲禮貌體帶給人的「距離感」，而產生了一個有趣的現象：關係很好的夫妻或情侶吵架時，會看到他們故意使用「禮貌體」跟彼此說話，這就有點像是，我們在生氣的時候，會故意用敬稱來達到「諷刺」的效果。（這時皮就要捏緊一點了……）

💡 重點回顧

❶ 學外語最重要的事：先養成習慣（不費力＋樂趣）。

❷ 動詞／形容詞／名詞：單字查找及字典資訊。

❸ 「常體」和「禮貌體」的樣貌及使用對象／情境。

發音
促音、長音、重音

（🔍 學習目標）

❶ 學會如何看重音標示　**❷ 其他發音**

❸ 體會發音時的節奏感

🔍 **學習目標 ❶**

學會如何看重音標示──高中低音

　　指發音的聲調、高低起伏，就像中文裡有四聲一樣，日文裡同樣也有專屬的聲調。可分為下列三種：高音、中音與低音。

注意 + 補充　中音的話，通常只用在單字的第一個字。第一個字之後，就是高音與低音的區別囉。

作者解說　有聲波圖的部分，請掃描奇數頁頁碼旁的 QR Code，聆聽作者親自說明。

以「台湾人」為例 ▶

高音	中音	低音
たいわんじん →	たいわんじん →	たいわんじん →
台湾人	台湾人	台湾人

● 如果把它都唸成「高音」的話，聽起來可能會類似中文 1 聲的聲調。

● 唸成「中音」的話，其實會有點難唸，聽起來可能會像中文的 2 聲。

● 最後，唸成低音的話，聽起來可能會類似中文的 3 聲。

　　不管是哪一種，聽起來都有點怪怪的。所以我們可以知道，如果沒有這些發聲時的高低起伏，聽起來就會很像機器人，聲音會很平、聽久了讓人想睡覺……

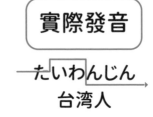

學會如何看重音標示——字典 APP 標記方式 ▶

　　對重音有初步的概念之後，我們來看一下日文裡的重音標記有哪幾種：

- 0 號音，聲調屬於「中高高」。也就是，第一個假名發成「中音」，之後的假名都是發「高音」。
- 1 號音，在字典裡的標示是①。
- 1 號音比較特別的是，只有它的第一個假名不是發成中音，而是「高音」。聲調屬於「高低低」。也就是說，第一個假名發成「高音」之後，其他的假名都是發「低音」。

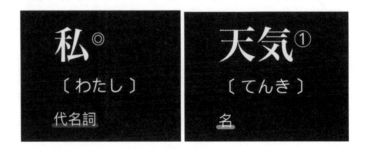

- 2、3、4 號音，規則都很一致，皆是以「中音加高音」的方式起頭，而在中途將聲調降成低音。
- 2 號音在第 2 個字的後方降音。
- 3、4 號音的規則同理。3 號音在第 3 個字的後方降音。
- 4 號音則在第 4 個字的後方降音。

飛行機②	先生③	電話番号④
〔 ひこうき 〕	〔 せんせい 〕	〔 でんわばんごう 〕
名	名	名

注意 + 補充 其他還有 5、6 號音等等，規則一樣，但是這樣的字較不多見。

學會如何看重音標示──同音異字 ▶ ᵁᵁᵁᵁᵁ

日文裡也有所謂的同音異字，寫法一樣，但是重音擺放位置不同：

2 號音 かみ 紙   **1 號音** かみさま 神様

- 如果唸成 2 號音「かみ」的話，是「紙」的意思。
- 而唸成 1 號音「かみ」的話，則是「神明」的意思（不過這個字習慣說成「かみさま」）。

重音如何學習？ ▶ ᴵᴵᴵᴵᴵᴵᴵᴵᴵᴵᴵᴵ

　　這裡提供我自己實際用過的方式給大家做個參考：

(1) 找有附音檔的教材，一邊聽音檔一邊劃記（劃出聲調的高低起伏）。

(2) 開口跟讀、模仿日劇電影中，主角們講每一句台詞時的抑揚頓挫，
讓嘴巴自行去記憶正確的重音與聲調（身體記憶）。

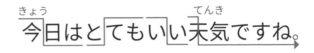

🔍 **學習目標 ❷**
其他發音──促音、長音、拗音、鼻音 ▶ ᴵᴵᴵᴵᴵᴵᴵᴵᴵᴵᴵ

　　接著我們要進入，除了清音濁音與半濁音之外的「其他發音規則」：

促音

いっしょに（一緒に）　　　行ってきます！

一起做○○　　　　　　　　　　我出門啦！

● 短促的發音。

● 外觀上，把清音的「つ」稍微縮小了。

● 發音上，要「急速收尾」（前一個發音結束急促）。

長音

おかあさん（お母さん）　　おばあさん（お婆さん）
ka+a=ka ～　　　　　　　　ba+a=ba ～

おじいさん（お爺さん）　　おにいさん（お兄さん）
ji+i=ji ～　　　　　　　　　ni+i=ni ～

- 長音為「延長發音」。
- 在由不同字母「a、i、u、e、o」結尾的假名，各自加上一些不同的假名以延長發音。它的功用就是延長上一個假名的發音，唸久了就會發現，這樣比較好發音喔。

拗音

おきゃく（お客）　　　　きゅうじつ（休日）
ki+ya=kya　　　　　　　ki+yu=kyu

ぼしゅう（募集）　　　　べんきょう（勉強）
shi+yu=syu　　　　　　　ki+yo=kyo

- 拗音是清音加上「や、ゆ、よ」而來。
- 需要特別注意電腦打字時，「きゃ、きゅ、しゅ、きょ」，分別打成「kya、kyu、syu、kyo」。

鼻音

にほんご（日本語）　たいわん（台湾），鼻音發成「字母 n」的發音。

🔍 學習目標 ❸
體會發音時的節奏感——日文的音節 ▶ ▫▪▮▪▮▪▫

　　音節的部分，一個音節一拍，不能隨意拖長也不能過於短促。要特別注意的是，促音跟長音也要算一拍。

ちょっと
拗音 促音

おばあさん
長音　鼻音

為什麼不能隨意拖長呢？

　　剛剛我們學到了日文中有「延長發音」的這種概念。促音沒有發音清楚，或者發音拖得太長的話，有可能會導致對方無法理解，甚至是理解錯誤。我們可以從奶奶跟阿姨這兩個單字來看：

おばあさん vs. おばさん
奶奶　　　　　　　　　阿姨

注意 + 補充　兩種讀法（助詞用）

- 「は」唸成「wa」　　私はサラリーマンだ　　我是上班族
- 「を」唸成「o」　　ご飯を食べる　　　　　吃飯
- 「へ」唸成「e」　　東京へ向かう　　　　　前往東京

💡 重點回顧

❶ 注意日文重音中的「高低起伏」。

❷ 注意「促音、長音、鼻音、拗音」的發音方式。

❸ 發音時，留意「日文音節」的重要性。

❹ 注意「は、を、へ」當助詞用時的唸法。

發音
聽起來像母語者的進階發音原則

(🔍 學習目標)

❶ 了解音節的重要性　　❷ 母音無聲化

❸ 了解 PTK 法則　　❹ 母語者的發聲習慣

在上個單元裡，我們學到了日文的「重音標示」以及「音節」的重要性。

今天的單元呢～我們來學母語者實際使用日文時的一些發音習慣，這些發音習慣是從「因為這樣比較好發音」的緣由而來，所以也不太需要特別記憶它，唸久了自然而然會習慣。

🔍 學習目標 ❶
了解音節的重要性 ▶ ᆢᆢᆢᆢ

促音、長音

發音長度上的原則是，「一個音節一拍」，不隨意拖長發音。「促音」暫時停止的部分要做到位，「長音」該拉長的部分也要確實拉長。

舉例

きっ て
切手
郵票

（稍微暫停）

き
来て
你來！

（不暫停也不拉長）

き
聞いて
你聽！

（發音拉長）

原則

(1) 一個音節一拍

(2) 不隨意拖長發音

(3) 促音要暫停、長音要拉長

重要性

　　影響理解，有時甚至會影響「意思」。

🔍 學習目標 ❷
母音無聲化 ▶ ılıılıılıılı

　　「母音無聲化」，簡單來說就是把某些原本要振動聲帶發音的假名發成「氣音」，以達到節省力氣的目的。

　　由於母音無聲化的類型相當繁多，這裡只列出初學時期較常見的：以字母「u」爲結尾的假名，放在句尾時的情況，其中最典型的一個例子就是「です」跟「ます」。

舉例

- 私は台湾人で<ruby>す<rt>(su→s)</rt></ruby>。　　我是台灣人。

- 台北に住んでいま<ruby>す<rt>(su→s)</rt></ruby>。　　我住在台北。

目的

　　跟音節有所不同的是，這些發音習慣多以「爲了方便發音」或「節省力氣」爲出發點而產生的現象，所以不需要去特別記憶它。初學時期按照原本的假名發音也不會造成誤解，等學習到進階程度，想讓自己的日文聽起來更像母語人士時，再來好好鑽研母音無聲化也不遲。

🔍 **學習目標 ❸**
了解 PTK 法則 ▶ ⅰⅰⅰⅰⅰⅰⅰ

何謂 PTK 法則？

　　「PTK 法則」，在許多以字母拼音的語言裡很常見：把「P、T、K」開頭的單字，發音成聽起來很像「B、D、G」的現象。要注意：在中文母語人士耳裡，聽起來會像「B、D、G」這種濁音，可是母語人士對於清音的音域較廣，在他們耳裡，聽起來仍是「P、T、K」，不太會產生混淆。

舉例

文字	聽起來
わたし 私	da (ta → da)
なか お腹いっぱい	ba (pa → ba)
りょうかい 了解	ga (ka → ga)

🔍 **學習目標 ❹**
母語者的發聲習慣 ▶ ⅰⅰⅰⅰⅰⅰⅰ

　　發音的時候，用喉嚨跟鼻子共鳴發聲。

　　這部分一開始比較難理解，我們在講中文的時候，其實並不太會用到鼻子。大家如果有仔細比較過日本人和台式的日文發音，可能就會發現日本人的日語「音調偏高」且「鼻音感較明顯」，聽起來高亢、有精神，而台式發音的日文，普遍聽起來就會較低沉些。

舉例1：　▶ ▏▎▍▅▎▍▏▎▍▏

以「なにこれ」爲例：

(1) 發音示範：較低沉的發音

(2) 發音示範：較高亢的發音（偏日式）

補充說明

一、「聲調」會影響句意

↗ そうですか？　給人不太認同，質疑對方的感覺

↘ そうですか。　表示能理解對方所說的（預料之中）

假如我們問朋友

「最近、日本語の勉強を始めたんだ。」我最近開始學日文了。

如果對方回答

「そうですか？」（語調上揚）聽起來會像是中文的「有嗎？」、「是嗎？」感覺對方稍微在質疑這句話的眞實性。

如果對方把聲調下降

對方說成：「そうですか。」（語調下降）的話，則代表「你開始學日文」的這件事，他並不意外，可能你之前就跟對方表明過你對日文感興趣等，雙方對這件事已有一個共同的認知。

補充說明

二、句子太長無法一口氣唸完的時候

　　剛起步學日文時，通常都很難把句子一口氣唸完。可是，如果停頓在不恰當的地方，則可能會造成對方理解上的困難。這時候！**我們可以選擇停頓在「助詞後方」**。這樣一來，不但能夠順利唸出較長的句子，同時又能讓對方正確理解你想傳達的意思。

舉例 2：

未停頓：最近、日本語の勉強を始めたんだ。

↓

有停頓：最近 日本語の 勉強を 始めたんだ。

💡 重點回顧

❶ 音節的拍數會影響句意。

❷ です／ます 母音無聲化。

❸ PTK 法則：「P.T.K」聽起來很像「B.D.G」的現象（對於中文母語者而言）。

❹ 母語者音調普遍較高，聽起來較高亢、有精神（喉嚨＋鼻子共鳴）。

Day 04

文字

日文是個文化大熔爐

progress

（🔍 學習目標）

❶ 分辨平假名、片假名及漢字　　❷ 了解各自的使用時機

🔍 **學習目標 ❶**

分辨平假名、片假名及漢字

　　首先是「平假名」、「片假名」，與「漢字」在外觀上的差別，以下用「松竹梅法則」的說明文字來解釋：

　　外觀上，漢字和平假名很好辨認，而片假名的線條則是比較筆直一些。餐廳的「レストラン」跟套餐的「コース」都是片假名。

舉例

▶ **松竹梅の法則**
（しょうちくばい）（ほうそく）

例 **レストランで 食事 をするとき、**
　　（しょくじ）

在餐廳吃飯時，

価格 の 選択肢 が 三段階 あると、
（かかく）（せんたくし）（さんだんかい）

若有 3 種不同的套餐價，

人 は 眞ん中 を 選 びたがる。
（ひと）（ま なか）（えら）

人會選擇傾向中間價位。

説明　綠線片假名，黑線漢字，灰線平假名。

🔍 學習目標 ❷
了解各自的使用時機

平假名與片假名的發音相同，本身也都能直接當作文字使用，兩者差在「使用的時機」不一樣。

平假名

廣泛地用於日常生活與各種情境之中，舉例：りんご（蘋果），只要符合特定使用時機，這裡的「りんご」也可以打成片假名的「リンゴ」。

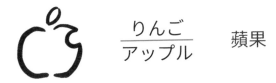

りんご
アップル

蘋果

注意 雖然我們都稱製「iPhone、iPad」的公司為「蘋果」，但是在日文裡，講到蘋果公司時，不是用平假名的蘋果，而是採用「Apple」外來語音譯過來的「アップル」。

片假名－1

為什麼音譯過來的就會寫成片假名呢？片假名的用途之一，就是用來表示這些「外國傳入的字彙」。

テレビ
Television

コンビニ
Convenience Store

アメリカ
America

片假名－2

也可以用來直接音譯外國人名。

舉例 1 林。

如果想直接音譯自己的名字的話，就會唸成「rin」，並寫成「片假名」。

わたし
私は**リン**です。

注意 其實在日文裡是有「林」這個姓氏的，但是日語發音發成「はやし」。

舉例 2 李奧納多。

西方國家音譯過來的名字，通常唸法會更冗長，李奧納多的日文音譯名，唸成「レオナルド」。

わたし
私は**レオナルド**です。

補充 此外，片假名還有一個用途是「用來強調」。不論是公司、店家、品牌名，或是作品名稱如漫畫或戲劇等，時常也都會寫成片假名。

マクドナルド

麥當勞

ワンピース

航海王

注意 漫畫中常用到的「擬聲擬態語」，也常常用片假名表示，因爲以片假名標記的話，還能達到「強調、凸顯」的效果。

漢字

(1) 假名可以轉換成漢字：

漢字的發音一樣是由假名而來，許多日文字可以選擇用假名表示，也可以選擇用漢字表示。

(2) 還沒學到漢字前先用假名：

小朋友在剛學字時，都是從假名開始學起，等到慢慢長大後才會學習到漢字的寫法。

(3) 如果是「常用漢字」的話，就用漢字來寫：

日本有公用的「常用漢字表」，裡面有約莫 2000 多個常用漢字。而太過艱難的漢字，比如說筆劃太多、不太常用的，則多以假名標記。

💡 重點回顧

❶「平假名、片假名、漢字」在外觀上的差別。

❷ 平假名的使用頻率最高。

❸ 片假名主要用於外來語。

❹ 若爲「常用漢字」，才以漢字表示。

結構

Day 05

日文的話題、補語及述語

（ 🔍 學習目標 ）

❶ 話題、補語及述語＆認識助詞

　　日文結構上的一些專有名稱，有別於我們學英文時習慣看到的「主格、受格」和「動詞、名詞或形容詞」，主要以「話題、補語及述語」去做分類。雖然這些詞性的功能大致相同，但是在「語順、句構」的排列上，還是跟中英文有差別。

一般分類法

話題
名詞は

補語
名詞＋助詞

述語
動詞
名詞
形容詞

→

自創分類法（T字表）

話題
名詞は

插入語
名詞＋助詞

主格
名詞＋助詞

受格
名詞＋助詞

動詞

名詞
形容詞

＋です／だ

結構圖表

　　在這裡，我把左半邊的概念拆解成了像右半部那樣的圖表，目的是爲了讓大家更清楚它們各自扮演的角色。從下一個單元開始，我會把「補語」拆成「插入語、主格、受格」；「述語」則拆成「動詞、名詞與形容詞」。圖表右半部：於下個單元搭配三大句型時再一併說明。

🔍 學習目標 ❶
話題、補語及述語＆認識助詞

話題

　　日文裡「話題」的這個概念，有人會把它稱爲「大主格」，但我個人喜歡把它獨立出來看待。「話題」的主要特色有幾項：

(1) 主要用來「指定」談論的人事物。

(2) 該「話題」通常是說話者與聽者都知道的人事物。

(3) 主要功能之一：凸顯出整句話的「訊息重點在後方」。

(4)「は」同時當主格時，會給人「稍微暫停」或「對比」的感覺。

例句一

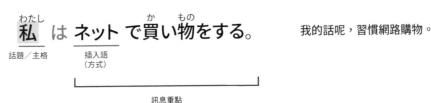

私 は ネット で 買い物 をする。　　　我的話呢，習慣網路購物。

話題／主格　　　插入語（方式）　　　　訊息重點

(1) 這裡的「わたし」爲句子的「話題」，同時也是動作的「主格」。

(2) 說話者的訊息重點落在「は」後方的「習慣網路購物」上。

例句二

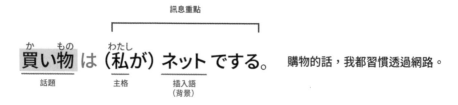

買い物 は（私が）ネット でする。　購物的話，我都習慣透過網路。

這句話感覺是在強調購物的手段「不是別的」，就是透過「網路」。

補語

把補語細分出來後，主要有「主格、受格」以及補充說明用的「插入語」（自創名稱）。在不同情境、句意之下，助詞的搭配、語順等也會隨之改變。

例句一

日本語 が 面白い。　日文很有趣。

（1）助詞「が」扮演「主格」的角色。
（2）沒有「話題」，屬於「連續敘述」的概念，整句話都是重點。

例句二

外国語 を 勉強する。
　（がいこくご）　　（べんきょう）
　受格（標的）　　動詞（動作）

學習外語。

(1) 這裡的補語爲「がいこくご」。
(2) 助詞「を」在此扮演著「受格、動作標的物」的角色。
(3) 這裡的話題通常是「自己」，日文常會省略掉。

例句三

（私は）家 で 仕事している。
　（わたし）（いえ）（しごと）
　話題／主格　插入語　　動詞（動作）
　　　　　　（背景）
　　　　　　　　　訊息重點

我在家裡工作。

(1) 這裡的補語爲「いえ」。
(2) 助詞「で」用來表示「背景環境」、「限定範圍」→動作執行的地點。

　後續會再針對助詞的核心概念做解說。

述語

(1) 述語：可分爲「名詞、形容詞跟動詞」。
(2)「名詞」結尾：後方會接「だ」、「です」，形容詞結尾的話，也可以接「だ」、「です」。但是，如果是「い形容詞」的話，通常不接「だ」，聽起來會有點不自然。

(3)「動詞」結尾：直接以「原形」、「ます形」呈現即可。

例句一

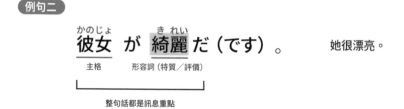

私 は 社会人 だ（です）。 　　　我是社會人士／我出社會了。

話題／主格　　名詞（身分）

訊息重點

(1) 這裡的述語爲「しゃかいじん」。

(2)「しゃかいじん」爲「名詞」，後方可接「だ」（常體）或「です」（禮貌體）。

例句二

彼女 が 綺麗 だ（です）。 　　　她很漂亮。

主格　　　形容詞（特質／評價）

整句話都是訊息重點

注意　在實際的對話中，這裡用到的助詞通常會是「は」。（因爲「彼女」本身具有「指定性」，雙方通常都知道這裡的「她」是在指誰，所以訊息重點就會落在後方）

例句三

私 (わたし) は 日本語 (にほんご) を 勉強 (べんきょう) している。　　　我正在學日文。

話題／主格　　受格（標的）　　　　動詞（動作）

訊息重點

(1) 述語為「勉強 (べんきょう) している」。

(2)「我正在學日文」為「動作進行中」，故這裡用了可以表達動作進行中的時態：「ている」。

注意 關於動詞的基礎變化，會陸續在後面的單元裡說明。

補充

問句： 正在學中文的是誰呢？

Q （○） 誰 (だれ) が 中国語 (ちゅうごくご) を 勉強 (べんきょう) しているの？

　　　　主格　　　受格（標的）　　　　動詞（動作）

（×） 誰 (だれ) は 中国語 (ちゅうごくご) を 勉強 (べんきょう) しているの？

重點一

使用疑問詞，像是「誰」（だれ）、「哪個」（どれ）、「哪裡」（どこ），發問時，訊息重點一定會落在「疑問詞」上，因為那就是答案的重點所在，所以疑問詞的後方大多用「が」。

回答： 正在學的是山田先生／小姐。

A 山田 (やまだ) さん が 勉強 (べんきょう) している。

重點二

　　這裡的助詞「が」，跟我們前面學到的：當「主格、連續敘述用」的「が」不同，這裡的「が」強調「具有排他性」、「限定」。

問句：正在學中文的是誰呢？
回答：正在學的是山田先生／小姐。

傳達出「不是別人，而正是山田」的語氣。

💡 重點回顧

❶ 話題爲「已知訊息」，重點在「後方」。
　　補語可分爲：主格、受格及插入語（自創名稱）。
　　述語可分爲：名詞、形容詞及動詞。
❷ 助詞「は」、「が」在句中常扮演的角色（主要用法）。
　　は：訊息重點在「後方」（當作話題／主格）。
　　が：訊息重點在「前方」（表達出「限定」、「排他性」）或「整句話都是重點」（當作主格時）。

結構

圖表式拆解日文結構

（🔍 學習目標）

❶ 初步理解三大句型基礎結構

❷「は」、「が」的其他差異＋改變助詞後產生的變化

🔍 **學習目標 ❶**

初步理解三大句型基礎結構

一般分類法	自創分類法

話題

名詞は

話題

名詞は

補語

名詞＋助詞

➡

插入語 名詞＋助詞	動詞
主格 名詞＋助詞	名詞 形容詞
受格 名詞＋助詞	＋です／だ

述語

動詞
名詞
形容詞

　　在上個單元裡，我們主要針對左手邊的「一般分類法」做了說明。今天呢，我們就以右手邊的「自創分類法」，來說明日文的三大句型。

進入日文三大句型前，我們先學習「如何理解這張圖表」：

(1) 句中如果有話題「は」： 訊息重點會落在「後面」；以T字圖表來看的話，重點就會落在T字圖表的「下方」。

(2) 語順： 排列順序上，以「逆時鐘」方向排列。一般情況下，有話題的話先擺放話題，其次才是放「主格、受格」或「插入語」等（順序是可以依照說話者想傳達的句意去變動的）。以擺放「名詞」爲主，而名詞的後方則會接續「助詞」，助詞一旦改變，語意也會跟著產生變化。

(3) 動詞、形容詞、名詞： 除了動詞之外，名詞、形容詞也同樣會出現在句尾，並以「です」或「だ」等來表示「句子的結束」。（名詞、形容詞）

(4) 詞類的稱呼： 這裡以「主格」、「受格」去稱呼它們，而不是大家熟悉的「主詞」、「受詞」。這是因爲，它們並不是一種「詞類」，所謂的詞類，會像是「名詞、動詞、形容詞」或「副詞、連接詞」等。而主格跟受格裡面會放的詞類是「名詞」。

> **注意** 副詞的部分，會在本單元的最後才提到喔！

🔍 **學習目標 ❷**

「は」和「が」的其他差異
改變助詞後產生的變化

名詞句

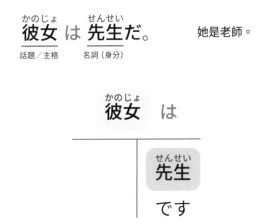

彼女（かのじょ）は 先生（せんせい）だ。　　她是老師。
話題／主格　　名詞（身分）

(1) 何謂名詞句？ 以名詞結尾。

(2) 用途？ 說明主格身分。

(3) 常見混淆？ 一般情況用「は」居多，若用「が」可能會產生不同語意。

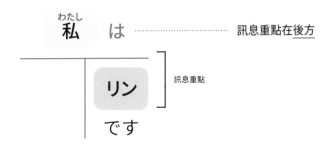

（4）結構與特色：

　　句型：Ａ は Ｂ だ ／ です。

　　例句：私はリンです。　我是林。

　　助詞：一般接在名詞等詞類後方。

　　注意　其實助詞有時也是會加在動詞後方的，不過，為了避免現階段造成學習上的混亂，加上初學時期會接觸到的內容仍以接續名詞為主等因素，所以暫時不提及這個部分。

（5）延伸用法：如果把助詞換成「が」會如何？

訊息重點在前方 ·········· 私 が リン です

訊息重點

　　例句　私がリンです。　我才是林。

　　助詞　這裡的「が」有「排他性」（不是別的，就是那一個）。

　　假設你有一位客戶來拜訪，你們曾經通過電話但還沒見過本人，此時你發現對方把同事誤認成你時，就可以說「私がリンです」來強調「我才是林」。重點不在「你的名字叫什麼」，而是「那個林就是我」，重點落在「わたし」身上。

形容詞句

^{かのじょ}
彼女 が ^{き れい}**綺麗**だ。　　　她很漂亮。
主格　　　　形容詞（特質／評價）

注意　實際對話中，此種句型的助詞大多為「は」，原因在前面的內容有提過。

(1) 何謂形容詞句？ 以形容詞結尾。

(2) 用途？ 形容主格特質 & 表達個人評價。

(3) 常見混淆？連續敘述、沒有特殊語氣時用「が」，整句話都是重點資訊。

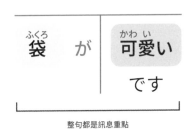

整句都是訊息重點

(4) 結構與特色：

　　句型：Ａ が／は Ｂ だ（です）。

　　注意 「い形容詞」通常不用「だ」作結尾。

　　例句：袋が可愛いです。 袋子很可愛。＊泛指所有的袋子

　　助詞：這裡的「が」不具有「排他性」，單純用來表示「主格」。

補充

Q 爲什麼「わたしは」助詞都是接「は」比較多？（不管是名詞句還是形容詞句）

情況一

1. 今日は暑い。　　今天很熱。
2. 私は楽しい。　　我很高興。
3. 桜は綺麗だ。　　櫻花很漂亮。

　　不管是「きょう」、「わたし」還是「さくら」，都有一個特定的主題、有指定性（講話時會有情境，會知道我們在講的主題爲何），重點通常落在後方。

　　「きょう」有指定時間，「わたし」有指定對象，「さくら」有指定花種，重點落在後方，大多會用「は」比較自然。

情況二

1. 花が綺麗だ。　　花很漂亮。
2. 猫が可愛い。　　貓很可愛。

　　這裡的「はな」、「ねこ」指的是「一般的花、沒有限定花種」以及「一般的貓」。以「表示連續敍述」的「が」作主格（非表示排他性）來表達「花都很漂亮」以及「貓都很可愛」的意思。

動詞句

一、「沒有標的物」時：

整句都是訊息重點

(1) 何謂動詞句？ 以動詞結尾。

(2) 用途？ 表示主格的動作（也有可能是「無動作性動詞」）

(3) 結構與特色

　　句型：Ａ が Ｂ ／ Ａ は Ｂ

　　助詞：「が」用來表示主格 （動作者）

二、「有標的物」時：

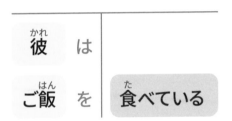

(1) 結構與特色

句型：ＡはＢをＣ／ＡがＢをＣ

助詞：這裡的「を」爲動作標的物

(2) 何謂「動作標的物？」

比如，「把飯吃了、把碗洗了、把書唸了、把燈開了」等等，這些動作作用的對象，我們就稱它爲「動作標的物」。

其他

最後，我們還可以在三大句型裡添加插入語（必要／非必要）或副詞等做補充說明、修飾，讓句意更加地豐富。

一、加入插入語

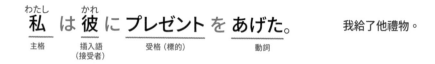

私 は 彼 に プレゼント を あげた。　　　我給了他禮物。

主格　　　插入語　　　受格（標的）　　　動詞
　　　　　（接受者）

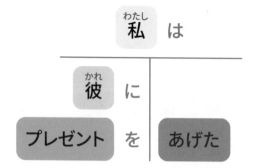

(1) 這裡的「に」代表「禮物給予的對象」是「彼」。

(2) 「あげた」爲動詞「あげる」的過去時間（常體）。

二、加入副詞

很努力地在學習。

(1)「一生懸命に」用來修飾動詞「勉強している」

(2) 這裡的「に」是副詞用來修飾的用法

> **注意** 在後續的單元裡，會以助詞的「核心概念」去帶出它們各式
> 各樣的用法。

💡 重點回顧

❶ 三大句型：名詞句、形容詞句、動詞句。

❷ は／が 核心概念：

● は： 稍微暫停，**指出了特定的話題**，重點訊息在後。

● が ⎨ 排他性，重點在前 。
　　　連續敘述，整句話都是重點、新資訊，不夾帶特殊語氣。

Day 07

動詞
日文動詞分三個團體

（ 🔍 學習目標 ）

❶ 認識動詞三大類　　**❷「原形」與「ます形」在使用上的語氣差異**

　　在今天的單元裡，我們會了解到日文動詞爲什麼要分成三大類，以及這三類的動詞分別具有什麼特色。之前有簡單提到「原形」與「ます形」的差別，而在今天的單元裡，我們會進一步了解「原形」與「ます形」在使用上的語氣差異。

🔍 **學習目標 ❶**
認識動詞三大類

為何要分類？

(1) 時態：中文裡沒有時態變化，可是在日文裡，當我們要表達「過去做了什麼」、「現在、未來要做什麼」時，動詞的形態是會跟著改變的。

(2) 各種表達：除了時態不同導致形態轉變之外，日常的表達方式，比如「我想要～」、「我能夠～」等各種常見表達的時候，同樣也會按照這些動詞所屬的類別去做變化。

它們的學術名稱？

(1) 第一類動詞又稱「五段動詞」，二類動詞又稱「上下一段動詞」，而不規則動詞則稱爲「カ變‧サ變動詞」。

(2) 這些名稱與「動詞變化方式」以及它們的「樣貌」有關聯。所以，我們還是會解釋一下這些名稱的由來，這樣也有助於大家記憶它們。

舉例

一類動詞──舉例 1：歩あるく

(1) 外觀特色：大多是「一個漢字搭配一個假名」，不過也有例外，比如：表示「塞住、阻塞」的「詰つまる」。

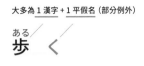

大多為 1 漢字＋1 平假名（部分例外）

歩ある く

(2) 名稱由來：前面有提到過，動詞的形態會隨著「時間上的不同」跟「表達方式」去產生變化。

(3) 變化方式：「歩あるく」這個字，在做變化時，是遵照「か行」的「かきくけこ」去變化的，稱爲「五段動詞」。

字尾依序變化成「かきくけこ」，我們分別把它們稱爲「第一二三四五變化」改掉字尾後再補上一些字，就可以表達出各式各樣的意思。

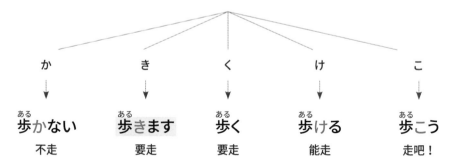

か	き	く	け	こ
<ruby>歩<rt>ある</rt></ruby>かない	<ruby>歩<rt>ある</rt></ruby>きます	<ruby>歩<rt>ある</rt></ruby>く	<ruby>歩<rt>ある</rt></ruby>ける	<ruby>歩<rt>ある</rt></ruby>こう
不走	要走	要走	能走	走吧！

注意　在此只是想先讓大家知道「大部分」、一類動詞的樣貌。初學時期，在看到一個新的動詞時，建議還是動手查一下字典，確認一下它們的分類會比較好喔！

一類動詞──舉例2：<ruby>話<rt>はな</rt></ruby>す

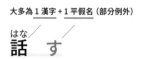

大多為1漢字＋1平假名（部分例外）

<ruby>話<rt>はな</rt></ruby>　す

「<ruby>話<rt>はな</rt></ruby>す」這個字在做變化時，是遵照「さ行」的「さしすせそ」去變化的。

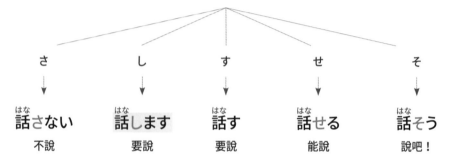

さ	し	す	せ	そ
<ruby>話<rt>はな</rt></ruby>さない	<ruby>話<rt>はな</rt></ruby>します	<ruby>話<rt>はな</rt></ruby>す	<ruby>話<rt>はな</rt></ruby>せる	<ruby>話<rt>はな</rt></ruby>そう
不說	要說	要說	能說	說吧！

二類動詞——舉例１：起きる（上一段動詞）

(1) 外觀特色：大多是「一個漢字搭配兩個假名」，同樣也有不少例外，一樣是建議查一下字典、確認分類。

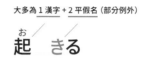

大多為 1 漢字 + 2 平假名（部分例外）

起 きる

(2) 名稱由來：二類動詞又被稱為「上下一段動詞」，在這之中，又可以把它們分為「上一段動詞」跟「下一段動詞」。為什麼叫做「上一段動詞」呢？我們把「かきくけこ」的「く」當作中心點來看，「起きる」的「き」為「中心點く」的上一個音，因而被稱為「上一段動詞」。

(3) 變化方式：二類動詞「起きる」的「第一～第五變化」，全都保留著假名「き」，後方直接改掉再補上一些字，組合成各種表達用法。變化方式比起一類動詞單純許多。

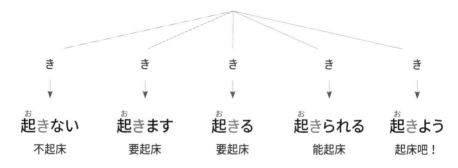

き	き	き	き	き
↓	↓	↓	↓	↓
起きない	起きます	起きる	起きられる	起きよう
不起床	要起床	要起床	能起床	起床吧！

二類動詞──舉例 2：教える（下一段動詞）

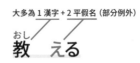

大多為 1 漢字＋2 平假名（部分例外）

教 える

爲什麼叫做「下一段動詞」呢？

一樣，我們把「あいうえお」的「う」當作中心點來看，「教える」的「え」爲「中心點う」的下一個音，因而被稱爲「下一段動詞」。

二類動詞「教える」的「第一～第五變化」，全都保留著假名「え」，後方一樣直接改掉、補字，即可呈現各種句意。

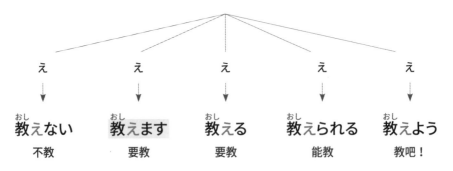

え	え	え	え	え
教えない	教えます	教える	教えられる	教えよう
不教	要教	要教	能教	教吧！

不規則動詞──サ變動詞

（1）外觀特色：大多是「兩個漢字搭配假名する」。有一些字例外，比如用片假名寫成的「イライラする」（焦慮）。

大多為 2 漢字＋する（部分例外）

仕事する

(2) 名稱由來：又可稱為「する動詞」（因原形字尾為「する」）。至於學術
名稱「サ變動詞」，則是因為「する」的「す」是「さ行」的緣故。

(3) 變化方式：「する動詞」，變化時，改變的是字尾「する」的部分。這裡
要注意的是，它的變化方式較不規則，所以我會習慣多唸幾次熟悉
它。常用的五種表達方式，直接記「しない」（不做）、「します」（要
做）、「する」（要做）、「できる」（能做）、「しよう」（做吧）。

仕事しない　　仕事します　　仕事する　　仕事できる　　仕事しよう
不工作　　　　要工作　　　　要工作　　　　能工作　　　　工作吧！

不規則動詞──カ變動詞

(1) 外觀特色：就只有這一個字而已，只能直接記起來囉！

(2) 名稱由來：「来る」又稱「カ變動詞」，因為「くる」的「く」是「か行」的緣故。

(3) 變化方式：「来る」不僅變化不規則，連「發音」都不太規則。常用的
五種表達方式，分別為「こない」（不來）、「きます」（要來）、「くる」
（要來）、「これる」（能來）、「こよう」（來吧）。

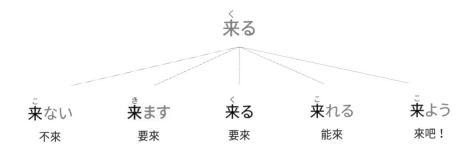

来ない　　　　来ます　　　　来る　　　　来れる　　　　来よう
不來　　　　　要來　　　　　要來　　　　能來　　　　　來吧！

🔍 學習目標 ❷
「原形」與「ます形」在使用上的語氣差異

差別一：輕鬆 vs. 穩重

(1)「原形」，給人比較口語、輕鬆的感覺，常用在家人朋友上。

(2)「ます形」，則給人正式、穩重的感覺，常用於長輩或職場上。

差別二：親近感 vs. 距離感

(1)「原形」，給人一種「親近感」，如果是很熟悉的朋友就會習慣用原形，避免讓對方誤會自己是不是要疏遠他。

(2)「ます形」，給人一種「距離感」，很常用在陌生人、第一次見面、還不熟悉的人身上，避免被人誤會自己在「裝熟」。

補充

　　當我們生氣的時候，反而會用反諷的語氣，對親近之人使用較禮貌的詞彙（比如：「您」之類的）。日文也是一樣，情侶或夫妻吵架的時候，有時就會刻意改成「ます形」來跟對方說話，營造出刻意疏遠對方的氛圍。

🔎 重點回顧

❶ 動詞三類：一類、二類及不規則動詞。

❷ 二類有「上下一段」之分。

❸ 不規則動詞有「する動詞」和「来る」。

❹ 文體：「原形」語氣較輕鬆、帶有親近感。

　　　　「ます形」語氣較穩重、帶有距離感。

動詞

日文的「て形」是做什麼用的？

progress

（ 🔍 學習目標 ）

❶「て形」的主要用途　　❷「て形」的常見用法

❸ 三類動詞／名詞／形容詞的「て形」

🔍 **學習目標 ❶**

「て形」的主要用途

接續動詞／句子

接續　日本^{にほん}に 行^いって 爆買^{ばくが}いする。　　我要去日本爆買。
　　　　　　　　❶　　　❷

- 主格「私^{わたし}」被省略。
- 以「て形」連接「動詞1：行^いって」與「動詞2：爆買^{ばくが}いする」。

黏著劑（組成各種句型）

黏著劑　服^{ふく}を 洗^{あら}って ください。　　請把衣服給洗了。

*一般洗衣服會說成「洗濯^{せんたく}する」居多

- 「て形」，可以加上一些特定的詞，變成所謂的「補助動詞」。
- 跟前一個用法不同的是，補助動詞的句型只有「一個動作」，不像單純接續那樣有兩個動作先後發生。

🔍 學習目標 ❷
「て形」的常見用法

接續動詞／句子時

(1) 先後動作（順序）：

北海道に 行って カニを食べたい。　　想去北海道吃蟹。
　　　　　　❶　　　　　　❷

　　這裡是指「去北海道」然後「吃螃蟹」的意思。它連接了前後的「動詞1：行って」與「動詞2：食べたい」。

(2) 先後關係（因果）：

風邪を 引いて 、会社を休んだ。　　感冒了所以請假休息／
　　　　　❶　　　　　　　❷　　　　沒去上班。

　　這裡是指「因為感冒，所以請了假」的意思。它連接了前後的「動詞1：引いて」與「動詞2：休んだ」。

黏著劑（組成各種句型）

舉例

<ruby>名前<rt>な まえ</rt></ruby>を<ruby>書<rt>か</rt></ruby>いてください。　　　請寫上名字。

「動詞て形」加上「ください」就是用來表達「請某人做某件事」的意思。

注意　這個用法帶有一點命令感、不給他人拒絕的空間。

<ruby>写眞<rt>しゃしん</rt></ruby>を<ruby>撮<rt>と</rt></ruby>ってもらえますか？　　　能幫忙拍張照嗎？

「動詞て形」加上「もらえますか」是「詢問對方能不能幫自己做某件事」的意思。

<ruby>日本語<rt>に ほん ご</rt></ruby>を<ruby>勉強<rt>べんきょう</rt></ruby>している。　　　我正在學日文。

這裡的「動詞て形」加上「いる」表達的是「動作進行中」的意思。

注意　「ている」除了表達「動作進行中」之外，還有其他的用途，會在後續單元裡一併提及。

🔍 **學習目標 ❸**
三類動詞／名詞／形容詞的「て形」

三類動詞

比較麻煩的是「一類動詞」有所謂「音便」的現象，也就是爲了「方便發音」而產生的特殊變化，這部分會在下一個單元提到。

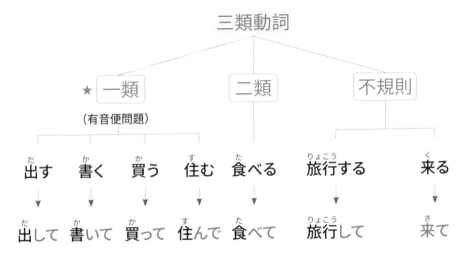

形容詞

一、辨別是哪一種形容詞

● 「い形容詞」：修飾名詞時，用「い」連接的形容詞。

● 「な形容詞」：修飾名詞時，用「な」連接的形容詞。

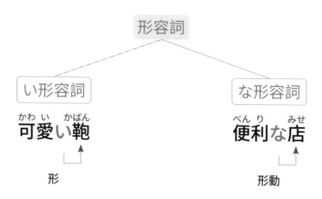

注意　有一些字很特別，比如：「討厭」的「きらい」、「有名」的「ゆう
めい」。這兩個字的字尾假名剛好是「い」，但它們是屬於「な形容詞」，
接續時是寫成「嫌いな」以及「有名な」。

二、名詞跟な形容詞的「て形」

　　「名詞」跟「な形容詞」的「て形」，不是用清音的「て」，而是用濁音
的「で」。

（1）並列用：

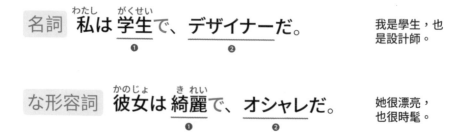

我是學生，也
是設計師。

她很漂亮，
也很時髦。

(2) 前因後果：

名詞　コロナの影響<ruby>影響<rt>えいきょう</rt></ruby>で、今<ruby>今<rt>いま</rt></ruby>は外<ruby>外<rt>そと</rt></ruby>に出<ruby>出<rt>で</rt></ruby>れない。

因新冠的影響，現在不能外出。

な形容詞　淘宝<ruby>淘宝<rt>たおばお</rt></ruby>は便利<ruby>便利<rt>べんり</rt></ruby>で、よく使<ruby>使<rt>つか</rt></ruby>う。

淘寶很方便，所以我很常使用。

三、い形容詞的「て形」：

「い形容詞」，去掉字尾「い」加上「くて」。

(1) 並列用：

ガッキーは可愛<ruby>可愛<rt>かわい</rt></ruby>くて、背<ruby>背<rt>せ</rt></ruby>が高<ruby>高<rt>たか</rt></ruby>い。　　新垣結衣可愛又高挑。
　　　　　　　　❶　　　　　❷

(2) 前因後果：

上司<ruby>上司<rt>じょうし</rt></ruby>がうるさくて、イライラする。　　主管很囉唆，所以
　　　　　　　　　　　　　　　　　　　　我很焦慮。

補充

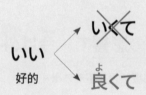

注意 「いい」這個い形容詞在變化成「て形」時，不是變成「いくて」而是「よくて」喔！

💡 重點回顧

❶「て形」主要用途：接續、黏著劑（組成各種句型）。

❷ 三類動詞的「て形」。

❸「名詞」和「な形容詞」是同夥的→で。

❹「い形容詞」的「て形」→くて。

（ 🔍 學習目標 ）

❶ 什麼是音便？　　❷ 在什麼情況下要音便？

　「音便」是爲了「方便發音」而產生的特殊變化，而且，音便只發生在「一類動詞」上。「音便」主要有兩個使用時機，其中一個是：應用在「一類動詞的て形」上。

🔍 **學習目標 ❶**
什麼是音便？

無音便：字尾以「す」結尾的動詞

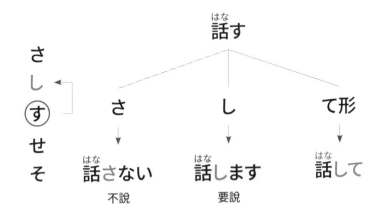

可以理解是由字尾「す」的第二變化「し」而來的。

音便一：以「く・ぐ」結尾的動詞

首先，音便分了「三組」，每一組都有它們獨特的變化方式。

第一組是以「く」和「ぐ」結尾的動詞：

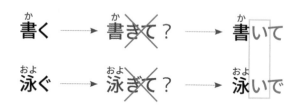

(1) 泳ぎて很難發音，故產生音便。

(2) 如果是「ぐ」結尾的動詞，它的「て形」會是濁音的「で」。

音便二：「う・つ・る」結尾

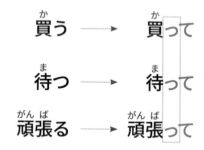

以「う・つ・る」結尾的動詞，音便時產生促音。

音便三：「む・ぬ・ぶ」結尾

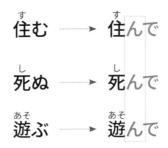

住<ruby>す</ruby>む ⟶ 住<ruby>す</ruby>んで

死<ruby>し</ruby>ぬ ⟶ 死<ruby>し</ruby>んで

遊<ruby>あそ</ruby>ぶ ⟶ 遊<ruby>あそ</ruby>んで

以「む・ぬ・ぶ」結尾的動詞，音便時產生鼻音「ん」。

🔍 學習目標 ❷
在什麼情況下要音便？

除了變化爲「て形」時會用到音便之外，在變化爲「た形」（日文裡的「過去時間」）時，也會用到：

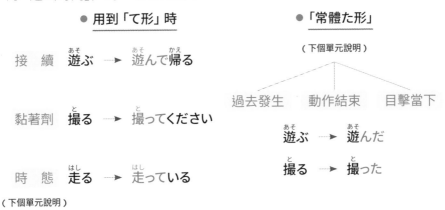

●**用到「て形」時**　　　　●**「常體た形」**

（下個單元說明）

接　續　遊<ruby>あそ</ruby>ぶ ⟶ 遊<ruby>あそ</ruby>んで帰<ruby>かえ</ruby>る

黏著劑　撮<ruby>と</ruby>る ⟶ 撮<ruby>と</ruby>ってください

時　態　走<ruby>はし</ruby>る ⟶ 走<ruby>はし</ruby>っている

（下個單元說明）

過去發生　　動作結束　　目擊當下

遊<ruby>あそ</ruby>ぶ ⟶ 遊<ruby>あそ</ruby>んだ

撮<ruby>と</ruby>る ⟶ 撮<ruby>と</ruby>った

補充

這裡有一個小小的例外：「行く」這個字雖然是「く」結尾的動詞，但是它的「て形」不是「行いて」，而是「行って」。

行いて（X）

行く

行って（O）

💡 重點回顧

❶ 音便是爲了「方便發音」（發生在「一類動詞」上）。

❷ 使用時機：用到「て形」或「た形」時。

❸ 例外：「行く」⇨「行って／行った」。

時態

三類動詞的開始、進行、結束

（🔍 學習目標）

❶ 三類動詞的「開始」（現在時間）　　❷ 三類動詞的「進行」（現在時間）

❸ 三類動詞的「結束」（過去時間）

在此先跟大家說明一下，為什麼不是稱它們為「現在式」跟「過去式」。這是因為嚴格講起來，它們不算是一種「公式」，而是一種時間上的概念，所以我個人習慣把它們稱為「現在時間」與「過去時間」。

2 時間　×　3 形態

現在／未來
過去

開始：個人意志／
未來要做／習慣等

進行：動作進行中／
留存結果（狀態）等

END

結束：過去發生／
動作結束等

時間

一、現在與未來

在日文裡，現在跟未來共用同一個時間：

例1：日本<ruby>に<rt>にほん</rt></ruby>行<ruby>く<rt>い</rt></ruby>。　我要去日本。

例2：来年<ruby>こそ<rt>らいねん</rt></ruby>日本<ruby>に<rt>にほん</rt></ruby>行<ruby>く<rt>い</rt></ruby>。　我明年一定要去日本。

（這裡用了時間相關的字「らいねん」，清楚地表達這句話是在講「未來」）

注意　因爲日文裡的現在跟未來，動詞是共用同一個時間。所以，當我們想說明是「未來時間」時，就可以在句子裡補充這些與時間相關副詞。

二、過去

例：去年<ruby>、<rt>きょねん</rt></ruby>日本<ruby>に<rt>にほん</rt></ruby>行<ruby>った<rt>い</rt></ruby>。　去年去了日本。

形態

一、動作開始（用「動詞原形」）

主要用途：(1) 個人意志　(2) 未來要做　(3) 習慣　(4) 眞理

二、動作進行（用「動詞ている」）

主要用途：(1) 動作進行中　(2) 留存的結果（狀態）

三、動作結束（用「過去時間た形」）

主要用途：(1) 過去發生的事情　(2) 動作的結束 (3) 目擊／發生當下 (4) 生理狀態

🔍 **學習目標 ❶**
三類動詞的「開始」（現在時間）

個人意志

示範：一類動詞
例句：私は飲む。　我要喝。

未來要做

示範：二類動詞
例句：来月、会社を辞める。　我下個月要辭職。

習慣

示範：「する動詞」＆不規則動詞「来る」
例句１：毎日、公園で散歩する。　我每天都會在公園散步。
例句２：明後日、彼女が来る。　後天女友／她會來。

真理

示範：一類動詞
例：太陽は西に沈む。　太陽西沉。

🔍 學習目標 ❷
三類動詞的「進行」（現在時間）

動作進行中

只要把動詞改爲「て形」，再加上「いる」即可。

示範：一類動詞＆二類動詞

例句一　全力で走っている。　全力奔跑中。

例句二　ご飯を食べている。　正在吃飯。

留存的結果（狀態）

示範：する動詞

例合：もう結婚している。　我已經結婚了。

（結婚典禮已經結束，留存的是「婚姻關係」的結果）

注意　上述兩種用法是「ている」最常見的用途。其他還有像是：「表示和現在有關的過往經歷」或「長久以來的習慣」時，也是有可能會用到「ている」的。

補充 Part 1

　　如何分辨該句的「ている」是指「動作進行」還是「留存結果」呢？我們可以由「**動詞本身的性質／特性**」去判斷。

　　一般可能會將動詞分成許多種類。這裡呢，爲了避免學習上的負擔，我們直接把動詞依其性質大致分爲兩大類：「有動作性的」和「無動作性的」，目的是讓大家以更簡單明瞭的方式，去了解動詞本身性質上的差異。

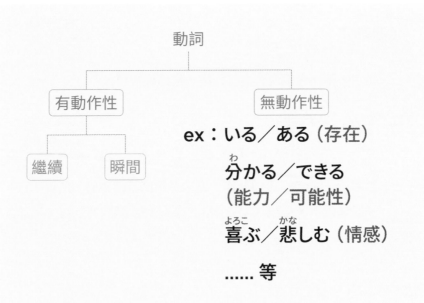

(1) **有動作性**：主要可以分成「繼續動詞」和「瞬間動詞」。

(2) **無動作性**：「動詞」範圍廣泛，舉凡：表示「存在」的「有或沒有」、「能力」上的「知道或能夠」、「情感」上的「喜悅跟悲傷」，皆屬於「無動作性的動詞」。

補充 Part 2

「繼續動詞」和「瞬間動詞」是什麼意思？

繼續動詞

一、特色：動作會有一段明顯的「過程」。

二、舉例：「吃」

食べる 要吃 → 食べている 正在吃 → 食べた 吃完了

瞬間動詞

一、特色：動作幾乎沒有進行過程，或過程極短。

二、舉例：「站」

立つ 要站起來 → 立った 站起來了 → 立っている 站著

三、說明：「站起來」這個動作，通常是瞬間就結束的。所以，在一般情況下，「立っている」指的是「已經站著的狀態」，屬於「留存結果」。

關於「ている」的變化方式

　　在大家學過「て形」之後，這個變化就顯得相當簡單了，唯一要注意的是「一類動詞的音便問題」，要小心「て形的變化」有沒有寫錯。

變化：て形＋いる			動作進行	留存結果
一類動詞	歩く	→ 歩いている	●	
	遊ぶ	→ 遊んでいる	●	
二類動詞	覚える	→ 覚えている		●
	教える	→ 教えている	●	
	着る	→ 着ている		●
する動詞 ＆来る	相談する→ 相談している		●	
	来る	→ 来ている		●

🔍 **學習目標 ❸**
三類動詞的「結束」（過去時間）

　　「た形」用來表示「過去時間」，變化方式跟「て形」一樣，只要把「て」改成「た」即可。

過去發生

示範：一類動詞
例句：薬を飲んだ。　吃了藥。

動作結束

示範：二類動詞
例句：ご飯を食べた。　吃完飯了。

目擊／發生當下

示範：二類動詞
例句：財布が落ちた。　錢包掉了。

生理狀態

示範：一類動詞
例句一　お腹がすいた。　肚子餓了。
例句二　喉が渇いた。　口渴了。

💡 重點回顧

❶ 三類動詞「動作開始」、「動作進行」、「動作結束」的變化方式：分別爲「原形」、「ている」、「過去時間た形」。

❷「開始」、「進行」、「結束」的各種用途。

❸ 動詞有其本身的特性：可大致區分爲「有動作性」及「無動作性」兩大類。

❹ 有動作性動詞：繼續動詞（有過程）、瞬間動詞（幾乎沒有過程／過程極短）。

❺「ている」帶有不同性質的動詞，在使用「ている」表達時，呈現的意思也不同：

　　- 有過程的動詞「ている」→ 通常爲「動作進行中」。

　　- 幾乎沒有過程的動詞「ている」→ 通常爲「留存結果」。

動詞
「自動詞」和「他動詞」

(🔍 學習目標)

❶ 自他動詞主要差別　　**❷ 自他動詞的應用**　　**❸ 簡易分辨方式**

在這個單元裡，我們會看到自他動詞的「差別」、自他動詞的「應用」，以及簡易分辨自他動詞的「方式」。

🔍 學習目標 ❶
自他動詞主要差別

自他動詞的主要差別有兩個：

差別一：訊息的重點不同

「自動詞」會把重點放在「結果」上，而「他動詞」則會把重點放在「外力因素」上。

〔範例一〕

自動詞　**結果**　　　　　　他動詞　**外力因素**

でんき
電気がついている。
燈亮著。

でんき
電気をつける。
（我）去開燈。

(1) 此處用了「つく」這個自動詞。因爲「燈亮著」是屬於「留存結果／狀態」，故以「ている」來表達。

(2) 自動詞的特色在於，就算我們都知道「燈是人去開的」，但這裡的重點會放在「生成的結果本身」，所以是誰去開燈的並不重要。

範例二

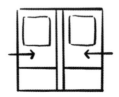

ドアが閉まります。
ご注意ください。

日本電車：門要關了，請小心。

ドアを閉める。

（我）去關門。

(1) 這裡的「閉まる」就是「自動詞」。重點在「門要關上了」，而不在「誰去關了門」。

(2) 如果用「他動詞」的「閉める」，講成「ドアを閉める」的話，則是強調「某人去關門」的意思。

【差別二】責任感

　　自動詞會把重點聚焦在「已生成／即將生成的結果」上。因此，在某些特定情境下，用「自動詞」反而會給人一種「不負責任」的感覺，比方說：

コップが落ちた。

杯子（自己）掉下來了。

君がコップを落とした。

就是你把杯子弄掉的。

（1）「コップが落ちた」 杯子掉下來了。

　　這裡的語意比較像「杯子是自己掉下來的」，想要推卸責任時可以這麼說。

（2）假設對方默默在旁目擊到你把杯子弄掉的那一瞬間，這時，對方就可以說：「君がコップを落とした」（欸！是你把杯子給弄掉的），這時就百口莫辯了！

🔍 **學習目標 ❷**
自他動詞的應用

範例一

入る

進入

入れる

放進去

範例二　忠犬ハチ公
_{ちゅうけん}　_{こう}

倒れる
_{たお}

（自己）倒下來

倒す
_{たお}

（某人）將～弄倒

範例三　エレベーター（電梯）

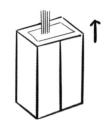

**エレベーターが
上に上がる。**
_{うえ}　_あ

（電梯）上樓。

**エレベーターを
上に上げる。**
_{うえ}　_あ

（把電梯）抬到上方。

　　由上述例子可知，自他動詞的使用會改變「句意」。造句的時候，我們要特別留意，重點究竟是要放在「生成的結果」還是「導致事態生成的外在因素」上。

🔍 學習目標 ❸
簡易分辨方式

一、最後，我們來看一下「自他動詞的簡易分辨方式」：

　　初學時期，最推薦的方式還是直接「查字典」較佳，雖然坊間有提供不少光看單字就辨別自他動詞的方式，但，爲了避免增加多餘的學習負擔，現階段仍然建議大家：在看到生字時，動手查一下字典確認。

二、另外，還有一個快速且準確度還算高的辨別方式：

　　什麼方式呢？那就是看「動詞前方的助詞」是什麼來推定。

　　「自動詞」因爲本身特性的關係，句構上經常會以「主格 + 動詞」的方式呈現居多；而「他動詞」在句構上，則多以「主格 + 受格 + 動詞」的形式出現，並以助詞「を」表示其受格（動作標的物）。

- 前方助詞　爲「を」→ 大多是「他動詞」
- 前方助詞不爲「を」→ 大多是「自動詞」

電気（でんき）がついている　　　vs.　　　電気（でんき）をつける

ドアが閉（し）まる　　　vs.　　　ドアを閉（し）める

コップが落（お）ちた　　　vs.　　　コップを落（お）とした

補充

其他還有許多比較難分辨的狀況：

（エレベーターが）上<ruby>う</ruby>に上<ruby>あ</ruby>がる。

（エレベーターを）上<ruby>う</ruby>に上<ruby>あ</ruby>げる。

以「電梯」爲例，口語會話中，在「主格」或「受格」被省略的情況下，不管是「あがる」還是「あげる」，前方助詞都是「に」，這時我們就只能依照「前後文」去做判斷了。

其他：会社<ruby>かいしゃ</ruby>に行<ruby>い</ruby>く。 ／ 彼女<ruby>かのじょ</ruby>に会<ruby>あ</ruby>う。

「自動詞」除了常接助詞「が」表示「主格」之外，在某些情況下，還會接助詞「に」，用來表示動作的「目的」或「目的地」。

💡 重點回顧

❶「自他動詞」在語意上的主要差別：「溝通重點不同」或「責任心的有無」。

❷ 簡易分辨方式：

- 動詞前方爲「を」→大多是「他動詞」。
- 動詞前方不爲「を」（多爲「が」或「に」）→大多是「自動詞」。

時態

名詞與形容詞是好朋友

(🔍 學習目標)

❶「名詞」的現在與過去時間　　**❷**「な形容詞」的現在與過去時間

❸「い形容詞」的現在與過去時間

　　在今天的單元裡，我們要來看「名詞」與「形容詞」，在「過去時間」上的表達方式（之前我們看到的都是「現在時間」）。除了「過去時間」之外，我們還會針對「現在時間」與「過去時間」加以比較與統整。

　　在此先來複習之前提過的動詞的「開始」、「進行」與「結束」。

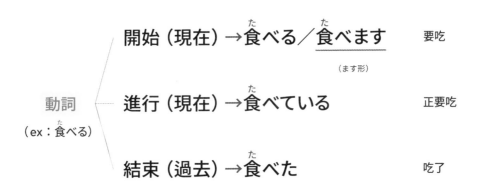

🔍 **學習目標 ❶**
「名詞」的現在與過去時間

現在時間

有「常體」的「だ」跟「禮貌體」的「です」：

<ruby>夫<rt>おっと</rt></ruby>は<ruby>会社員<rt>かいしゃいん</rt></ruby>だ。　我老公是公司職員。
<ruby>妻<rt>つま</rt></ruby>は<ruby>専業主婦<rt>せんぎょうしゅふ</rt></ruby>です。　我老婆是家庭主婦。

過去時間

名詞的「過去時間」，要怎麼表達呢？

只要把「だ」、「です」，換成「だった」、「でした」就可以囉！（「過去時間」的特色：有一個清音的「た」）

<ruby>夫<rt>おっと</rt></ruby>は<ruby>会社員<rt>かいしゃいん</rt></ruby>だった。　我老公曾經是公司職員。
<ruby>妻<rt>つま</rt></ruby>は<ruby>専業主婦<rt>せんぎょうしゅふ</rt></ruby>でした。　我老婆曾經是家庭主婦。

🔍 **學習目標 ❷**
「な形容詞」的現在與過去時間

な形容詞的樣貌

(1) 名稱由來：修飾名詞時，以「な」去連接。

(2) 字典標示：與「い形容詞」不同的是，「な形容詞」並不會把「な」給標示出來。（原因：文法上，「い形容詞」的「い」是形容詞本身的字尾；

而「な形容詞」的「な」是修飾名詞時加上去的，叫做「連體詞」，不過，我們這裡就先不深入探究這部分）。

舉例

しんせつ に ほんじん
親切な日本人

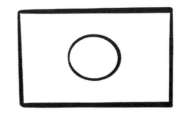

す くに
好きな国

現在與過去

現在時間，例：我喜歡你。
きみ　　　　　す
君のことが好きだ。──常體
きみ　　　　　す
君のことが好きです。──禮貌體

過去時間，例：我曾經喜歡過你。
きみ　　　　　す
君のことが好きだった。──常體
きみ　　　　　す
君のことが好きでした。──禮貌體

注意 我們會發現，「な形容詞」的變化，大多跟「名詞」一樣。

補充

　　另外，「形容詞」用「過去時間」表達時，指的「不一定是過去的事」：

情況一：君<ruby>き<rt></rt></ruby>のことがずっと好<ruby>す<rt></rt></ruby>きだった。

　　　　　我一直都很喜歡你。

　　這裡用了「過去時間」的「だった」強調出「從以前到現在都很喜歡」的語氣。如果是鼓起勇氣告白暗戀已久的人，比起單純說「我喜歡你」，這樣的說法給人的情感會更加強烈。

情況二：あの日本人<ruby>にほんじん<rt></rt></ruby>は親切<ruby>しんせつ<rt></rt></ruby>だった。

　　　　　那個日本人很親切。

　　當我們回憶某件事時，比如說，你到日本玩，當時身上扛了一大堆行李，結果有日本人出聲搭話、表示要幫忙。當我們跟朋友講起這段回憶時，就會習慣用過去時間的「だった」／「でした」。所以，這裡的「親切<ruby>しんせつ<rt></rt></ruby>だった」不是指「對方以前很親切，現在不親切了」，而是單純用來「回憶過去發生的事」。

🔍 **學習目標 ❸**
「い形容詞」的現在與過去時間

い形容詞的樣貌

　　「い形容詞」修飾名詞時，以「い」來連接，舉例：

大<ruby>き<rt>おお</rt></ruby>いサイズ　　面白<ruby><rt>おもしろ</rt></ruby>いドラマ

大尺寸　　　　　　有趣的戲劇

現在與過去

現在時間

お花<ruby><rt>はな</rt></ruby>が美<ruby><rt>うつく</rt></ruby>しい。　花很美。—— 常體

日本語<ruby><rt>にほんご</rt></ruby>が難<ruby><rt>むずか</rt></ruby>しいです。　日語很難。—— 禮貌體

（注意）「い形容詞」，一般來說不加「だ」，聽起來會有點不自然。

過去時間

あの服<ruby><rt>ふく</rt></ruby>は小<ruby><rt>ちい</rt></ruby>さかった。

那件衣服當時很小。／（回憶）那件衣服真的很小。—— 常體

あのドラマは面白<ruby><rt>おもしろ</rt></ruby>かったです。

那部戲劇當時很有趣。／（回憶）那部劇可有趣了。—— 禮貌體

（注意）通常，說話者的語意為「後者」的可能性較大。

補充

如何快速判斷時間爲「現在」還是「過去」？

表格	現在		過去	
名詞 な形容詞	常體	～だ	常體	～だった
	禮貌體	～です	禮貌體	～でした
い形容詞	常體	×	常體	～かった
	禮貌體	～です	禮貌體	～かったです

快速判斷

結尾だ／です→現在
結尾有た→過去

💡 重點回顧

❶「い形容詞」&「な形容詞」的名稱由來。

- い形：以「い」連接名詞。

- な形：以「な」連接名詞。

❷「名詞」和「な形」的時態變化一致。

❸ 快速分辨「名詞」&「形容詞」的時態：

- 結尾だ／です　現在。

- 結尾有た　過去。

(🔍 學習目標)

❶ 名詞句中的「指示詞」　❷ 助詞「の」的作用　❸ 日文的數量單位詞

在上個單元裡，我們看到了「名詞與形容詞」，在「現在時間」與「過去時間」上的表達方式。而在今天的單元裡，我們要來學習日文名詞句的「指示詞」，還會看到大家最喜愛的假名「の」的用法。

🔍 **學習目標 ❶**
名詞句中的「指示詞」

最常見的用法，是類似中文裡的「這個」、「那個」，離我們遠一點的（實際或非實際距離），我們就會說「那個」。

（一）距離

それは何？
＝それは何ですか？
　　N1　　　N2
那是什麼？

注意　日文裡，有「三個」可以用來指示事物的「名詞」。至於，什麼時候應該用哪一個，我們等一下會仔細探討它們之間的差別。

（二）話題

あれは俺の作った映画なのよ！
　　　N1　　　　　N2

那可是我做的電影喔！

　　　用の連接前後兩個名詞「俺」、「作った映画」，形成 N2。N1 & N2 加在一起後，變成一個比較長的名詞。

補充

（1）「何」這個漢字有兩種唸法，一個是「なに」，另一個是「なん」。

（2）「なに」指的是「內容」；而「なん」則是指「數量」。

- 何色（なんしょく）表示「數量」，所以是「有幾種顏色」。
- 何色（なにいろ）表示「內容」，所以是「什麼顏色」。

　　　看到這邊，不知道大家有沒有發現，上面的例句是：「それは何ですか」。明明是要問「那是什麼」，可是爲何用了表達數量的唸法「なん」呢？那是因爲，後方接續「です」時，如果用「なに」的話，唸起來會有點不順。

　　　所以，就產生了例外情形：後方如果碰到「です」或「た」、「だ」、「な行」的假名時，一律發音成「なん」。

指示詞之間的差別（一）距離

　　我們以畫面中的小男孩來當「說話者」，靠近男孩自身的事物，他會說「これ」。距離男孩較遠，比如女孩手上的畫，說「それ」。而距離男孩更遠，離雙方都遠的那幅牆上的畫，會說「あれ」。

補充

　「こ」、「そ」、「あ」加「の」：連接名詞時的表達方式。

指示詞之間的差別（二）話題

我們在講述話題時，主要會用到的指示詞爲「そ」跟「あ」。

一、「一方知道」或「不確定對方是　　二、「雙方都知道」時 → あの
　　否知道」時 → その

昨日（きのう）、映画（えいが）を見（み）に行（い）った。　　どうだった？あの映画（えいが）は。
その映画（えいが）はね …

我昨天去看了電影，那部電影……

那部電影好看嗎？／那部電影怎麼樣？

🔍 學習目標 ❷
助詞「の」的作用

接著，我們來看大家最熟悉的「清音の」的用法：在還沒學日文之前，很容易以爲「の」等於中文的「的」，但其實並不是的喔！

那，爲什麼大家會這麼認爲呢？因爲，某些情況下在翻譯成中文時，確實常常翻譯成中文的「的」，但是這無法適用在所有的情況上。我們在用「の」的時候，還是得回歸「の」的主要用途，以及日文的文法概念來判斷。

概念

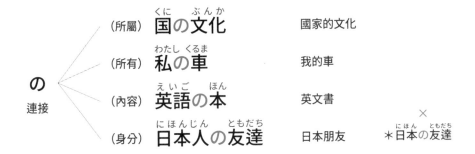

（所屬）	国の文化	國家的文化
（所有）	私の車	我的車
（內容）	英語の本	英文書
（身分）	日本人の友達	日本朋友　✻日本の友達 ✕

の　連接

常見錯誤：在形容詞的後方接「の」

1 在「い形」後方接「の」

（✕）高いの店
昂貴的店

（✕）新しいの生活
新生活

2 在「な形」後方接「の」

（✕）有名の人
↓
（○）有名な人
有名的人

（1）日文裡的形容詞，分爲「い形容詞」與「な形容詞」，接續方式各有規則。

（2）文法上，「の」是用來連接「前後方名詞」的。

🔍 學習目標 ❸
日文的數量單位詞

　　日文中的數量單位詞跟中文一樣，種類非常多且繁雜。

　　初學時期，建議大家先學幾個常用的就好，或者，先記住「用法比較廣泛」，類似中文「一個兩個」的那種單位詞。（比如「こ」或「つ」就很萬用）

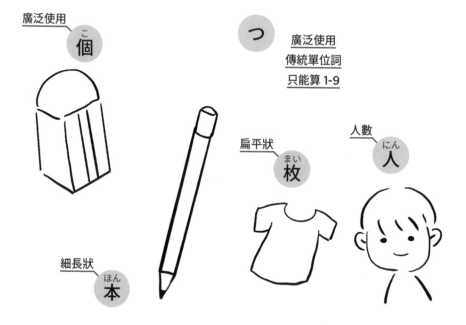

單位詞的唸法

　　唸法的部分，有的跟大家熟悉的「數字唸法」類似，有的則沒有規則可循。以下標示綠色的就是「不規則唸法」，需要大家花時間熟悉它們。

【個】

いっこ 一個	ろっこ 六個
にこ 二個	ななこ 七個
さんこ 三個	はちこ 八個
よんこ 四個	きゅうこ 九個
ごこ 五個	じゅっこ 十個

【つ】

ひと 一つ	むっ 六つ
ふた 二つ	なな 七つ
みっ 三つ	やっ 八つ
よっ 四つ	ここの 九つ
いつ 五つ	

【本】

いっぽん 一本	ろっぽん 六本
に ほん 二本	ななほん 七本
さんぼん 三本	はっぽん 八本
よんほん 四本	きゅう ほん 九 本
ご ほん 五本	じゅっ ぽん 十 本

【人】

ひと り 一人	ろくにん 六人
ふた り 二人	ななにん 七人
さんにん 三人	はちにん 八人
よ にん 四人	きゅう にん 九 人
ご にん 五人	じゅうにん 十 人

💡 重點回顧

❶「指示詞」的用途：代指人事物、話題等。

❷ 助詞「の」：用來連接前後名詞。

❸ 數量單位詞：注意發音及其漢字與中文的差異。

句型

三大句型——形容詞句

（ 🔍 學習目標 ）

❶ 形容詞的功能　　**❷ 如何使用形容詞**　　**❸ 形容詞改爲副詞修飾動詞**

🔍 **學習目標 ❶**
形容詞的功能

　　「形容詞」，主要拿來形容「主格的特質」，或者用來描述「主格的情感」。

【主格的特質】　　　【主格的情感】

駅
えき
が近
ちか
い　車站很近　　　私
わたし
は嬉
うれ
しい　我很開心

背
せ
が高
たか
い　身高很高　　　私
わたし
は悲
かな
しい　我很難過

注意　使用日文時，有時要注意到「人稱」的問題，在形容「情感」的時候，通常只用在「第一人稱」，也就是「我」（わたし）身上。

🔍 學習目標 ❷
如何使用形容詞

例句一　直接加在助詞「が」後方，形容「主格的特質」。
お花が美しい。　花很美。

例句二　直接修飾名詞。
あれは美しいお花だ。　那是很美的花。

🔍 學習目標 ❸
形容詞改為副詞修飾動詞

用來修飾用的詞類，主要有「形容詞」跟「副詞」兩種。「形容詞」可以拿來修飾「名詞」；而「副詞」呢，則主要用來修飾「動詞」爲主。

修飾用的詞類

形容詞 → 名詞

副詞 → 動詞

いい人
好人

一生懸命に勉強する
努力地學習

要怎麼把「形容詞」改為「副詞」呢？

い形容詞：把「い」去掉，改為「く」。

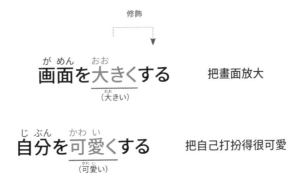

修飾

画面を大きくする　　把畫面放大
（大きい）

自分を可愛くする　　把自己打扮得很可愛
（可愛い）

な形容詞：把連接名詞時的「な」去掉，改為「に」。

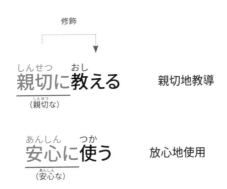

修飾

親切に教える　　親切地教導
（親切な）

安心に使う　　放心地使用
（安心な）

補充

一、回答時常用到的「はい、そうです」（是的沒錯）

這句話只能用在「名詞句的答句」，不能用在「形容詞句的答句」。

● **只能用在名詞句**

A：サラリーマンですか？

(你)是上班族嗎？

B：はい、そうです。

是的，沒錯。

● **不能用在形容詞句**

A：臭豆腐は美味しいですか？
　　しゅうどう ふ　おい

臭豆腐好吃嗎？

B：はい、美味しいです。
　　　　 おい

是的，很好吃。

二、連體詞「どんな」，只能用來連接「名詞」，且不能單獨抽出
　　來使用。

連體詞：只能用來修飾名詞

どんな
こんな
そんな　　＋名詞
あんな

どんな

那是一間怎麼樣的店？

（〇）あれはどんな店ですか？
　　　　　　　　 みせ

（×）あれはどんなですか？

（×）あれはどんですか？

な形容詞

櫻花是很漂亮的花。

（〇）桜は綺麗なお花です。
　　　さくら　きれい　　 はな

（×）桜は綺麗なです。
　　　さくら　きれい

↓

（〇）桜は綺麗です。
　　　さくら　きれい

三、例外用法

同じな：「同じな」這個字很特別，在連接名詞時，會習慣把「な」去掉。

同<ruby>同<rt>おな</rt></ruby>じな（な形容詞／連體詞）

↓

（○）<ruby>同<rt>おな</rt></ruby>じ<ruby>服<rt>ふく</rt></ruby>　　同樣的衣服

（×）<ruby>同<rt>おな</rt></ruby>じな<ruby>服<rt>ふく</rt></ruby>

另一個例外範例則是「多い」這個字。「多い」在連接名詞時，習慣把「い」去掉，改爲「く」並加上「の」。

<ruby>多<rt>おお</rt></ruby>い（い形）

↓

（○）<ruby>多<rt>おお</rt></ruby>くの<ruby>場<rt>ば</rt></ruby><ruby>合<rt>あい</rt></ruby>　　多數情況

（×）<ruby>多<rt>おお</rt></ruby>い<ruby>場<rt>ば</rt></ruby><ruby>合<rt>あい</rt></ruby>

注意　這是一個很奇特的現象，所幸這種字並不多，所以大家也不需要過於擔心。

💡 重點回顧

❶ 形容詞：主格的特質／情感。

❷ 形容詞常見用法：1. 加在助詞後方 2. 連接名詞。

❸ 形容詞改爲副詞型態：い → く。

　　　　　　　　　　　な → に。

句型

Day 15

三大句型 —— 動詞句

progress

（🔍 學習目標）

❶ 以動詞性質做分類　　❷ 無動作性動詞以及其分類

❸ 動詞性質與助詞之間的關係

我們先來複習一下，到目前爲止學過的「關於動詞」的一些概念：

(1) 動作性動詞有「繼續」及「瞬間」的差別：一樣都是「ている」，一個用來表示「動作進行中」，而另一個則表示「留存結果／狀態」。

瞬間 vs. 繼續

（繼續）　走<ruby>走<rt>はし</rt></ruby>っている　　正在跑

（瞬間）　立<ruby>立<rt>た</rt></ruby>っている　　站著

(2) 日文裡，有所謂「自動詞」與「他動詞」的分別：這兩者的主要差別爲「訊息著重的地方不同」，因此傳達出的意思也不同。另外，還會依照情境，帶出說話者「想對某事態結果負責」又或者「不想負責」的語氣。

🔍 **學習目標 ❶**
以動詞性質做分類

　　有動作性的動詞，有一些「有過程」，有的則「幾乎沒有過程」，也就是剛剛說到的「繼續」與「瞬間」的差別。我們直接來看幾個例子：

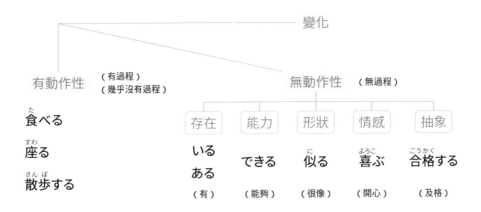

🔍 **學習目標 ❷**
無動作性動詞以及其分類

存在 ── いる／ある（有～）

　　有些課程會以「有生物或非生物」去做區分，但是，這樣的分法還是會讓人產生混淆或誤會：比如，植物是有生命的，卻習慣用「ある」。所以，建議以描述物當下「會動」或「不會動」區分，使用上會更準確喔！

以會動／不會動 區分：

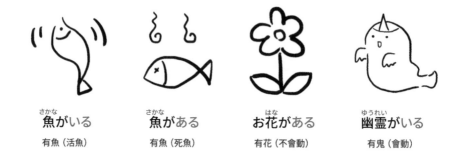

さかな **魚がいる**	さかな **魚がある**	はな **お花がある**	ゆうれい **幽霊がいる**
有魚（活魚）	有魚（死魚）	有花（不會動）	有鬼（會動）

注意 這些表示「存在」的動詞，通常不會看見「ている」這個表達方式，直接用原形就可以囉！

交通工具呢？

　　交通工具也有兩種情況，我們會依照這個情況去判斷該使用「いる」還是「ある」。

(1) 假設你正要跟朋友過馬路，此時你發現左手邊有人騎著腳踏車快速飛奔過來，這時就可以跟朋友說「気を付けて！自転車がいる」（小心！有腳踏車！）

(2) 因爲這個腳踏車是「有人騎在上面的」，是「移動中的腳踏車」，所以用「いる」；如果今天是經過捷運站，發現路旁停了許多腳踏車，由於腳踏車是靜止不動（沒有人騎在上面）的，這時你就可以說「自転車がたくさんある」（有好多腳踏車）。

能力／可能性──V 第四變化（能夠～）

通常指的是一個「特殊的技能」，或者「一個地方的規定或情況」。它的特色是「非人人皆可」、「非處處皆是」。變化方式是我們之前有看過的「動詞第四變化」：

<u>特別的技能</u>
<u>特別的情況／規定</u> ┤ 非人人皆可／處處皆是

<ruby>歩<rt>ある</rt></ruby>ける（<ruby>歩<rt>ある</rt></ruby>く）

能走路

<ruby>運転<rt>うんてん</rt></ruby>できる（<ruby>運転<rt>うんてん</rt></ruby>する）

能開車

注意 表能力／可能性的動詞，較少看到「ている」的講法，通常都是直接用原形居多。

形狀

形狀動詞呢，這裡我們可以把它想成是一種「狀態」即可。

に
似る

很像

すぐ
優れる

很優秀

情感

とう　　　よろこ
お父さんは喜んでいる。

父親很開心。

かれ　　おどろ
彼は驚いた。

他嚇到了。

喜ぶ
（よろこ）

這個字可以用「ている」去表達「狀態」。想像一下在父親節時送了老爸禮物，對方非常開心的樣子。

驚く
（おどろ）

「ている」的講法比較少見。因為，「驚嚇」通常就是一瞬間的事，一般情況下這個字比較常用「過去時間的た形」（驚いた）（おどろ）去表達「嚇到了」的意思。

「動作性動詞」及「無動作性動詞」以外的動詞？ 例：變化動詞──なる／なります。

一、重點放在變化上

例：暗くなった。　天色變暗了。
（くら）

　＊目擊到天色變暗的那一瞬間。

　　如果是把重點放在「變化」，強調變化的「瞬間」、「目擊的當下」的話，會用「過去時間的た形」去表達。

二、重點放在過程

例：暗くなりつつある。　天色正在變暗。
（くら）

　＊一直盯著天空看，發現天色正在慢慢變暗。

　　這裡要注意的是「なる」的「ている」呢，是用來表達「留存結果／狀態」的。如果要強調的是「變化的過程」，則會用「つつある」這個講法。

🔍 學習目標 ❸
動詞性質與助詞之間的關係

最後，我們來看一下「動詞性質與助詞之間的關係」。

關於「動詞性質與其習慣搭配的助詞」，在 CHAPTER 3 裡，我們再透過搭配常用表達去看更多的例句。現階段，先有個簡單、大方向的概念就好。

注意　以下圖表刪掉了瑣碎的內容，可以適用大部分的情況，但不能適用於全部的情況，主要目是爲了讓大家可以減輕初學時的負擔。

有動作性　(有過程)　(幾乎沒有過程)	無動作性　(無過程)
無動作標的時：は／が（表示主格）	無動詞的對象時：は／が（表示主格）
→私は散歩する。　我要散步。	→私はできる。　我辦得到。
有動作標的時：は／が ＋ を	有動詞的對象時：大多用が／に

有動作標的欄：

→私は日本語を勉強する。

　　　　　標的

我要學日文。

無動作性欄：

1 →妹がいる。　有妹妹。
　　　　　對象

2 →弟に似てる。　跟弟弟很像。
　　　　　對象

3 →日本語ができる。　會日文。
　　　　　對象

💡 重點回顧

❶ 可將動詞依其性質大致分爲：有動作性、無動作性（存在、能力、形狀、情感等）以及變化動詞。

❷ 動詞性質的不同會影響其習慣搭配的助詞。

助詞

難解助詞 PART1

（ 🔍 學習目標 ）

❶ は vs. が　　❷ に vs. を vs. で　　❸ に vs. で

我們會用「核心概念」，帶大家延伸了解助詞的各種用法。

🔍 **學習目標 ❶**

は vs. が

　　關於「は」跟「が」，我們在之前的句型單元裡也有稍微提過，大家應該還有點印象吧？我們會跟之前提過的「は」、「が」概念做一個統整。

　　「は」、「が」當「主格」用的頻率最高，所以，我們就以「主格」這個用途分三個情境來看：

情境一

● **常用助詞：** は、が
● **核心概念：** は － 稍微暫停，<u>訊息重點在後方</u>
　　　　　　　　が － 連續敍述，<u>整句話皆是重點</u>（不夾帶特殊語氣）

<ruby>私<rt>わたし</rt></ruby>は<ruby>食<rt>た</rt></ruby>べる！　　　　vs.　　　　<ruby>彼<rt>かれ</rt></ruby>が<ruby>食<rt>た</rt></ruby>べている
　　重點　　　　　　　　　　　　　　　都是重點

（我，要吃！）　　　　　　　　（他正在吃）*單純描述畫面的感覺

137

情境二

● 核心概念：は ─ 稍微暫停，可帶出「對比」的意味

　　　　　　　が ─ 連續敍述，整句話皆是重點 (不夾帶特殊語氣)

<u>お花が綺麗だ</u>　　　　　vs.　　　　　<u>桜は綺麗だ</u>

都是重點　　　　　　　　　　　　　　　　重點

(花很漂亮)　　　　　　　　　　　　(櫻花的話，很漂亮)

お花：一般的花，無指定性　　　　　桜：指定花種

　　　　　　　　　　　　　　　①未提及一般的花如何，

　　　　　　　　　　　　　　　但是櫻花很漂亮

　　　　　　　　　　　　　　　②依情境，也可用來暗

　　　　　　　　　　　　　　　指其他花不漂亮

情境三

● 核心概念：は ─ 訊息重點在「後方」

　　　　　　　が ─ 訊息重點在「前方」，表示排他性 (與情境一、二不同)

私は陳です　　　　　vs.　　　　　私が陳です

重點　　　　　　　　　　　　　　重點

我是陳　　　　　　　　　　　　　我才是陳

(一般情境)　　　　　　　　　　　(特殊情境)

(1) 一般來說，當我們在講「わたし」時，習慣都是接「は」，因爲重點通常會放在「後方」。當別人問我們「叫什麼名字」時，重點一定是在「你的名字叫什麼」上，對吧？所以會說成「私<ruby>は<rt></rt></ruby>陳です」。

(2) 什麼樣的情況下，重點不會在「名字本身」，而會在「わたし」身上呢？很多時候，我們可能都只跟對方通過電話，知道名字但卻不知道對方的長相。此時，當對方來訪，不小心把別人誤認成你的時候，就可以這樣說：

私が陳です。　　我才是陳。

*排除掉其他人，表示「陳就是我」的意思。

🔍 **學習目標 ❷**
に vs. を vs. で

接著，我們看到第二組助詞「に」、「を」、「で」的核心概念和差異比較：

(1) に：核心意象爲「特定點」、「目的地」、「趨向／方向」等概念。我們可以從這個概念延伸理解「に」的許多用法，包括我們之前有看到的，用來表示「地點」或「對象」。

(2) を：除了我們最常看到的：用來表示「動作標的」的這個用法外，另外還有一個常見的概念是「通過」、「穿越」的意思。

(3) で：概念爲「限定範圍」、「動作執行的背景／環境／條件」等，一樣可以從核心概念延伸出更多「で」的用法。

情境一

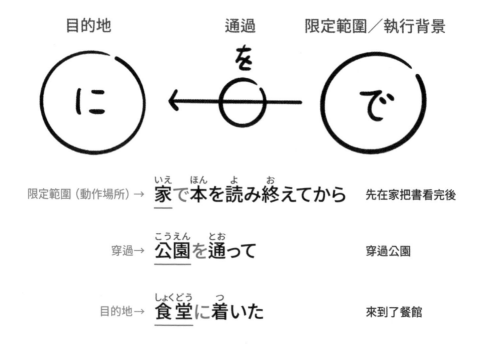

首先是「で」，我們可以從「限定範圍」的概念延伸到「限定的動作場所」→ 在家進行看書的這個動作。

接著是「を」，直接從「通過」、「穿越」這個概念理解就可以了，「穿過、橫越過公園」的意思。

最後是「に」，核心概念爲「特定點」、「目的地」、「趨向／方向」。表示穿過公園後抵達的「目的地」是餐館。

助詞的許多用法都可以從核心概念去延伸、想像。

情境二：に vs. で

● **核心概念** に：特定點／目的地／趨向

　　　　　　 で：限定範圍 → 方法、途徑

台南<small>たいなん</small>に家<small>いえ</small>を買<small>か</small>った　　**vs.**　　台南<small>たいなん</small>で家<small>いえ</small>を買<small>か</small>った

（買了位在台南的房子）　　　　　　　（在台南進行了買房子這個動作）

房子：在台南　　　　　　　　房子：不一定在台南

🔍 **學習目標 ❸**

| に vs. で

時間

● **核心概念**　に：特定點　→ 特定時間點

　　　　　　　 で：限定範圍 → 時間範圍限制

夜<small>よるじゅう</small> 10 時<small>う じ</small>に寝<small>ね</small>る　　**vs.**　　1 日<small>いち にち</small>で完成<small>かんせい</small>する

（晚上 10 點就寢）　　　　　　　（1 天之內完成）

💡 重點回顧

❶ は：前方多爲雙方已知訊息（話題），訊息重點落在「後方」。

❷ が：整句話都是重點（不帶語氣、單純描述眼前景象）。

　　*特殊情境：排他性（重點在前）

❸「に、を、で」的核心概念與應用。

助詞

難解助詞 PART2

（ 🔍 學習目標 ）

❶ を、が、に 的用法　❷ に vs. と 差異　❸ に vs. を vs. へ

複習

　　我們先來複習一下之前提過的概念，這裡再次提醒大家，這個分類方式，是爲了讓大家能夠更簡潔地去判斷搭配的助詞而想出來的，無法適用於全部的情況，但可以適用大部分的情況，適合在初學時期做一個大方向參考。

有動作性的動詞

● 有動作標的時 を

マスクを送る　　　　寄送口罩

無動作性的動詞／な形容詞

● 有動詞／形容詞對象時 が／に

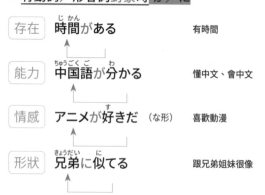

存在	時間がある	有時間
能力	中国語が分かる	懂中文、會中文
情感	アニメが好きだ（な形）	喜歡動漫
形狀	兄弟に似てる	跟兄弟姐妹很像

　　無動作性動詞／な形的對象，到底該用「が」還是「に」？很難提供一個準確的判別方式。每一個動詞都有它們的特性，該搭配的助詞通常也都滿固定的，在閱讀量達到一定程度之後，自然而然會知道這個動詞，在這樣的情境／句意下，應該要搭配哪一個助詞。

補充

　　有動作性的動詞，前方不一定都是接「動作的標的」，依照該動詞的性質，我們又可以再細分出兩種常見用法：

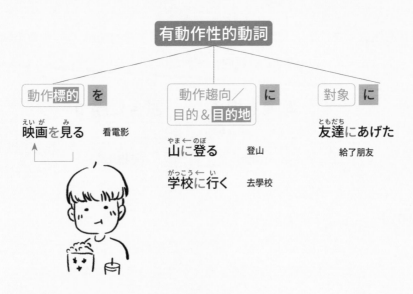

(1) 第一種，「動作標的」：映画（えいが）を見（み）る（看電影）。

(2) 第二種，可以從「に」的核心概念「特定點」、「目的地」、「趨向」等去理解。

(3) 第三種，可以從「目的地」、「趨向」等概念，去延伸理解成「接受的對象」。

🔍 **學習目標 ❶**

を、が、に 的用法

比較一：を vs. に

● **核心概念**　を　提示「動作的標的」，重點在「後方的動作」上（常見用途）

　　　　　　　　に　「目的地」、「趨向」→ 對象

写真(しゃしん)を撮(と)る　　　試合(しあい)に勝(か)つ

重點（動作）

（拍照）　　　　　　　（贏得比賽）

補充

　　　不管是「に」還是「を」，都可以搭配使用的動作性動詞「触(さわ)る」，各自搭配上「に」或「を」時，分別給人不同的意象與涵義。

妹(いもうと)に触(さわ)るな！　　　妹(いもうと)を触(さわ)るな！

（對象）　　　　　　　　　　重點（動作）

別碰我妹妹！　　　　　　　別摸我妹妹！

（輕碰／停留時間較短）　　　（觸摸／停留時間較長）

比較二：が vs. を

● **核心概念**　が　重點在前／排他性 → 限定

を　重點在後／用來提示「動作的標的」

マックが食べたい

重點：限定／選擇

我就想／選擇吃麥當當

マックを食べたい

重點：動作本身

我想吃麥當當

(1)「が」：我們可以從「が」排他性的這個特色，延伸出「限定」的概念。比方說，你想點 Uber 來吃，你的面前有三份來自不同餐廳的傳單，這時你從中挑出了「麥當當」來當你的午餐。此時，你想表達「你不要其他的，你就是要點麥當當！」時，就可以說「マックが食べたい」。

(2)「を」：午餐時間到了，假設這時沒有什麼特定的選項，也沒有特別想吃的東西（但是如果要吃的話 那就來吃麥當當好了），就可以說成「マックを食べたい」。

注意 這只是一個很細微的差別而已，語意上並不會產生太大的差異。

延伸應用　在下列這種情況下，不習慣說成「が」，反而會說成「を」，這是爲什麼呢？我們來看一下：

（×）ご飯がゆっくり食べたい

（○）ご飯を<u>ゆっくり</u>食べたい

想要慢慢地吃飯（細嚼慢嚥）

重點：想要慢慢吃

「ゆっくり」是副詞「不疾不徐、慢慢來」的意思。

當句子中間插入這種副詞時，重點自然而然會落在後方「想要慢慢吃」這個動作上，如此一來，就不會使用「把訊息重點放在前方的が」了。

🔍 學習目標 ❷
に vs. と 差異

● **核心概念**　に：趨向 → 目的／目的地（單向）

と：累加 → 共同一起（雙向）

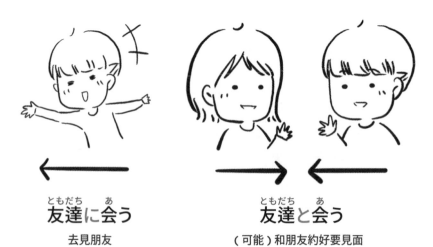

友達に会う	友達と会う
去見朋友	（可能）和朋友約好要見面

　　如前頁圖，「跟朋友見面」我們可以講成「友達<ruby>友達<rt>ともだち</rt></ruby><ruby>会う<rt>あ</rt></ruby>」，也可以講成「友達<ruby>友達<rt>ともだち</rt></ruby>と<ruby>会う<rt>あ</rt></ruby>」。

(1)「に」：表示的是「目的／目的地」，傳達出「單向」的概念，所以「<ruby>友達<rt>ともだち</rt></ruby>に<ruby>会う<rt>あ</rt></ruby>」有可能是自己單方面去見朋友。

(2)「と」是「人事物的累加」，比如說 A 和 B 和 C 等。也可以是「和某人一起做某件事～」的意思。「と」用在人身上時，有雙向的概念，所以「<ruby>友達<rt>ともだち</rt></ruby>と<ruby>会う<rt>あ</rt></ruby>」比較像是「雙方約好了要見面」的感覺。

🔍 學習目標 ❸
に vs. を vs. へ

● **核心概念**　に：特定點／趨向 → 目的／目的地

　　　　　　　を：通過、穿越（非動作標的）

　　　　　　　へ：朝著～方向前進

<ruby>坂道<rt>さかみち</rt></ruby>に<ruby>上る<rt>のぼ</rt></ruby>	<ruby>坂道<rt>さかみち</rt></ruby>を<ruby>上る<rt>のぼ</rt></ruby>	<ruby>坂道<rt>さかみち</rt></ruby>へ<ruby>上る<rt>のぼ</rt></ruby>
目的地	重點：動作	
以坡頂為目的地而爬坡	爬坡	往坡道的方向開始往上爬

（1）「坂道<ruby>坂道<rt>さかみち</rt></ruby>に<ruby>上<rt>のぼ</rt></ruby>る」：比較像是「以坡頂爲目的地」去爬坡。

（2）「<ruby>坂道<rt>さかみち</rt></ruby>を<ruby>上<rt>のぼ</rt></ruby>る」：是「通過」、「穿越」、「經過」的概念，這時就比較像是「單純在描述爬坡」的這個行爲。

（3）「<ruby>坂道<rt>さかみち</rt></ruby>へ<ruby>上<rt>のぼ</rt></ruby>る」：比較像是「還沒開始爬坡，但朝著坡道的方向準備開始往上爬」的感覺。

💡 重點回顧

❶ 動作標的、通過／經過～ → を。

❷ 無動作性動詞／な形容詞的對象 → が／に（常見）。

❸「に、と」的單雙向概念。

表現
日文的各種表達 PART1

（ 🔍 學習目標）

❶ 認識動詞基本表達之一：否定／意願／能力和可能性／勸誘

複習

　　首先，我們先複習一下之前提過的：「一類動詞」的「第一到第五變化」，是遵循著「動詞字尾假名那行」而來的，「歩く」的字尾「く」屬於「か行」，所以是跟著「かきくけこ」去變化的。這也是爲什麼它會被叫做「五段動詞」的原因。

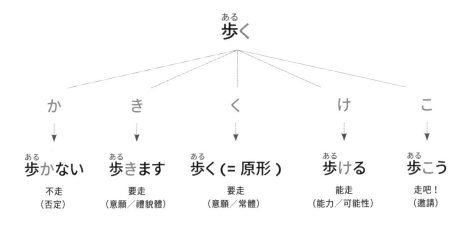

🔍 學習目標 ❶
認識動詞基本表達之一

一類動詞基本表達 1（五段動詞）

「一類動詞」，是三類動詞裡最複雜的一個種類，因爲它會有各種不同的字尾。

舉例一：話^かす

さ＋ない　＝　話^{はな}さない　（ない形：否定）

し＋ます　＝　話^{はな}します　（ます形：意願／禮貌體）

話^{はな}す　──直接使用──▶　話^{はな}す　（原形：意願／常體）

せ＋る　＝　話^{はな}せる　（能力形：能力／可能性）

そ＋う　＝　話^{はな}そう　（勸誘形：邀請）

舉例二：買^かう

「買う」這個字一樣是五段動詞，遵循著「字尾う」所屬的「あ行」去做變化。這裡比較特別的是，「字尾う」的動詞，在用到「第一變化」表達「否定ない形」時，不是用到「あ行」排序第一個的假名「あ」，而是使用了「わ」（提高辨識度）。

あ
↓
わ＋ない ＝ 買わない （ない形：否定）

い＋ます ＝ 買います （ます形：意願／禮貌體）

買う ──直接使用──▶ 買う （原形：意願／常體）

え＋る ＝ 買える （能力形：能力／可能性）

お＋う ＝ 買おう （勧誘形：邀請）

二類動詞基本表達 1（上下一段動詞）

接著，「二類動詞」，也就是「上下一段動詞」。「上一段動詞」的名稱由來，大家應該都已經很熟悉了，這裡就不再贅述。

- 我們直接來看它的變化過程跟記憶方式：去尾求生（去掉字尾る）（自創說法）。
- 我個人還滿喜歡二類動詞的，因為變化方式很單純（笑）。

舉例一：上一段動詞

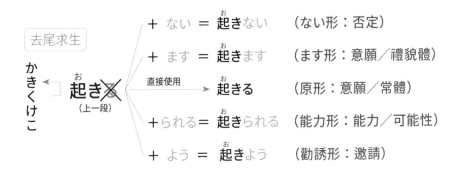

去尾求生

かきくけこ ⤷ 起き〜 （上一段）

＋ ない ＝ 起きない （ない形：否定）

＋ ます ＝ 起きます （ます形：意願／禮貌體）

──直接使用──▶ 起きる （原形：意願／常體）

＋ られる ＝ 起きられる （能力形：能力／可能性）

＋ よう ＝ 起きよう （勧誘形：邀請）

舉例二：下一段動詞

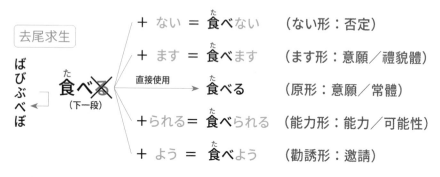

不規則動詞基本表達 1

最後，我們來看第三類、屬於不規則動詞的「する動詞」及「来る」：

する動詞

有些書本內容可能會把「し」跟「ない」分開，用「し加上ない」的方式去學習、記憶，因爲「する動詞」的「第一、二、五變化」都有用到「し」。但是，我個人比較喜歡以「不拆開」去記憶。有別於一類動詞的規律、二類動詞的單純，個人認爲「する動詞」比較適合直接以「塊狀式」的方式去熟悉它會更好些。

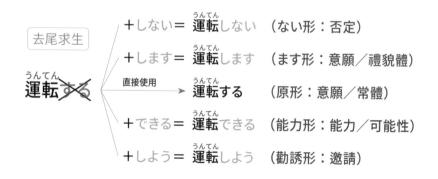

来る

「来る」這個字很麻煩，不僅「變化不規則」，連「發音都會跟著改變」。所幸，只有它是這樣（呼～賀哩嘎在～），反覆多唸個幾次就會習慣囉！

我給它的口訣是「改頭換面」，因爲不管是「形態」，還是「發音」上，都跟原形長得不一樣。

這裡特地把「こ」跟「ない」拆開來，主要目的是想讓大家看清楚「發音上的變化」，但是，一樣是建議用「不拆開、塊狀式」的方式，整個一起記起來比較好。也就是，一想到「くる」的「否定ない形」，就要馬上想到是「こない」。

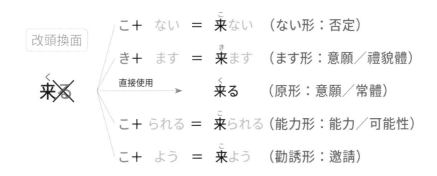

改頭換面

来る

こ＋　ない　＝　来ない　（ない形：否定）

き＋　ます　＝　来ます　（ます形：意願／禮貌體）

直接使用　→　来る　（原形：意願／常體）

こ＋　られる　＝　来られる（能力形：能力／可能性）

こ＋　よう　＝　来よう　（勸誘形：邀請）

💡 重點回顧

　　一類動詞／二類動詞／不規則動詞基本表達 PART 1：

❶ 一類：照發音規則走（要注意字尾爲「う」時的「第一」變化方式）。

❷ 二類／不規則（する動詞）：去尾求生。

❸ 不規則（来る）：改頭換面。

表現

日文的各種表達 PART2

（ 🔍 學習目標 ）

❶ 認識動詞基本表達之二：想要／傳聞／命令

　　在上個單元裡，我們探討了動詞第一變化到第五變化，它們的變化過程和記憶方式。而在今天的單元裡呢，我們還會繼續看到這些變化產生出的「更多表達方式」。

🔍 學習目標 ❶
認識動詞基本表達之二

一類動詞基本表達 2（五段動詞）

舉例一：話_{はな}す

　　　　　し ＋ たい ＝ 話_{はな}したい　（たい形：想要）

　　　　話_{はな}す ＋ そうだ ＝ 話_{はな}すそうだ（原形そうだ：傳聞）

　　　　　せ ＋ ！ ＝ 話_{はな}せ！　（命令）＊語氣很強烈，不禮貌

＊「命令」，就是「叫別人做某事」的意思，這裡介紹的用法「語氣很強烈」、「沒有給人拒絕的餘地」，所以聽起來會很強勢；其實，若只是想「單純叫某人做某事」時，我們可以用之前學到的「て形」去表達就好，那也是比較常見的講法。而今天這個單元裡介紹到的「命令形」，比較偏向男性用語、語氣也相當粗暴，可以的話儘量不要使用比較好囉！

舉例二：買^かう

い ＋ たい ＝ 買^かいたい （たい形：想要）

買^かう＋そうだ ＝ 買^かうそうだ（原形そうだ：傳聞）

え ＋ ！ ＝ 買^かえ！ （命令）

二類動詞基本表達 2（上下一段動詞）

舉例一：上一段動詞

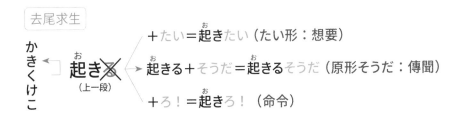

舉例二：下一段動詞

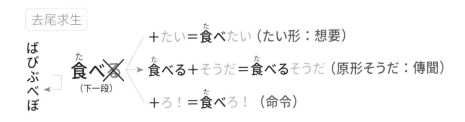

不規則動詞基本表達 2

する動詞

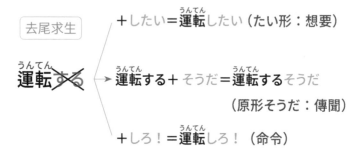

来る

　　口訣是「改頭換面」，不管是形態還是發音，都跟原形不一樣，建議多看幾次熟悉它爲佳～

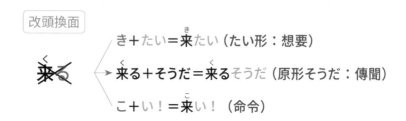

....

💡 重點回顧

　　今天我們看到了「一類動詞」、「二類動詞」及「不規則動詞」的其他表達方式：有「表達願望」時的「想要」、「表達傳聞」時的「聽說」，以及語氣較粗暴的「命令用法」。

❶ 一類：照發音規則走。

❷ 二類／不規則（する動詞）：去尾求生。

❸ 不規則（来る）：改頭換面。

....

生活／時事／流行語例句：學習實用表達法

Day 20 貼近生活體驗，促進長久記憶

（🔍 學習目標）

❶ 為什麼要學這些表達方式？　　❷ 本章的內容編排順序

　　從 CHAPTER 3 開始，我們要來看一些日常會話中常見且實用的表達方式囉！

🔍 **學習目標 ❶**
為什麼要學這些表達方式？

日常對話反推

生活例句應用

【目的一】實用度高

　　構成這個目的的要素有兩個：

一、從日常對話反推而來的：

　　大家在 CHAPTER 3 看到的「文法特色」和「規則」等，都是從日常對話、常用表達裡去篩選出來的內容，以便達到精簡和減輕學習負擔的目的。

二、生活例句的應用：

　　為了讓這些表達更貼近大家真實的生活經驗、在腦中產生連結（幫助記憶），特地把這些「表達用法」跟「大家最熟悉的時事、流行話題」等做了結合。除了能夠讓大家立即體會到學習這些用法的實用性之外，同時也希望大家在學完之後能夠「現學現用」，即便是初學者，也能說出這些有趣的句子。

【目的二】保持樂趣（才能持續學習）

降低挫折感　　　　提高成就感

　　初學時期是學語言最難熬的時期，不懂的東西太多，課程內容難免也顯得枯燥乏味。大家往往忽略了「初學時期也是最關鍵的一個時期」，是「能否感受到學習的樂趣」、「能否培養出持續學習的習慣」的關鍵。所以，初學時期首重的是「降低挫折感」以及「提高成就感」，如此一來，才會有繼續學下去的動力。

🔍 學習目標 ❷
本章的內容編排順序

何時使用和例句應用

何時使用：用法
例如：表達個人欲望

好想去日本……

例句應用：情境
例如：想做某事

想和櫻子交往……

　　接著，我們來理解一下 CHAPTER 3 的編排順序，以便理解學習的方式：

（一）每個單元裡，我們都會取一個表達用法作爲「主題」。

（二）我們會先看到這些主題的「用法」、「情境」（會帶入一些例句）。

如何使用

● 句型：私^{わたし}は＿＿＿＿＿＿ができる。

● 結構：名詞 ＋ ⎨ 名詞
　　　　　　　　動作性名詞 ＋ができる
　　　　　　　　　（特別的技能）

● 例句：私^{わたし}は日本語^{に ほん ご}ができる。　　　　　我會日文

● 補充：何謂「動作性名詞」？

私^{わたし}は

運転^{うんてん}が　　できる

其他表達方式和注意／補充

其他表達方式：延伸　　　　　　　　　　注意／補充

Ex：原形 V ＋ **ことができる**

（〇）食^たべることができる
　　　　　（規定許可）

（✕）食^たべることができる
　　　　　（不能用來表達自身能力）

（1）一種溝通目的，通常都會有多種不同的說法，建議大家初期先記憶最常用的「一種」就好。（不過本書還是會視需求，適當的延伸、介紹更多用法給大家）

（2）針對每個單元提供的表達方式，提醒使用時需要注意的地方。

💡 重點回顧

❶ 學這些表達方式的目的：

　- 從日常對話反推核心文法概念、生活例句。實用性高。

　- 降低挫折、提高成就感 。 保持樂趣、持續學習。

❷ 編排順序：

　- 用法 → 情境 → 如何使用 → 延伸 → 注意／補充。

狀態
你是在大聲什麼啦！

(🔍 學習目標)

❶ 了解「ている」（狀態）用法

　　在上個單元裡，我們了解了 CHAPTER 3 的學習方式。事不宜遲，接著我們就來學習這些日常生活中常見、使用頻率極高的表達用法～在今天的單元裡，我們會針對「ている」這個用法，做一些延伸及補充。

🔍 **學習目標 ❶**
了解「ている」（狀態）用法

「ている」：動詞て形＋いる
「ている」的用途其實滿多元的，先來看幾個最常見的。

1 動作進行中　　　　　　　**2 留存結果**

_{いま}　_む
今、向かっている。

我現在在路上了。（往目的地前進中）

_{けい}　_{こわ}
携帯が壊れている。

手機壞掉了。

*跟朋友約好見面，對方看你遲遲沒　　　*不小心摔壞手機，沒有拿去修理，仍維
　現身聯絡時，就可以這麼說。　　　　　　持在壞掉的狀態時，就可以這麼說。

3 （影響到現在的）經歷

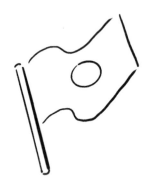

昔、海外で暮らしている。

以前在國外生活過。

*表達自己某個影響至今的過往經歷。（背景情境可能是：「因為如此，所以會說外語什麼的……」）

情境一：動作進行中

4 習慣

よくおやつを食べている。

常常吃零食。

*「よく」這個字，在當形容詞時，常用來表示「很好」、「優良」的意思。這裡則是改成「副詞」，表示「常常」、「發生頻率很高」的意思。

> **聞こえているのよ！**
> 我有聽見啦！（留存結果）

> **何大声を出してんだよ！**
> 你是在大聲什麼啦！（動作進行中）

*「出してんだ」是口語會話中，很常見的一種省略方式。

「你是在大聲什麼啦！」雖然這句話的年代比較久遠，但是相信很多人應該對這句話不陌生（笑）。

文法重點：

(1) 動詞是「聞こえる」：翻譯成中文「聽見、聽得到」（聽覺能力無礙、環境條件許可）。

(2) 動詞改為「て形」：再加上「いる」，用來表達「留存結果」。

(3) 語尾詞「よ」：口語會話中很常見的「よ」，主要用來「提醒對方、表達自己主張、告知對方（他）可能不知道的事」等情況下使用。

(4) 「～んだ」：在雙方既有的某個共同認知之下，去進一步說明更多細節、內情等。這裡主要用來質問對方，語氣相當強烈，可以傳達出：「我有聽到啦！你幹嘛那麼大聲啦！」的語氣。

補充

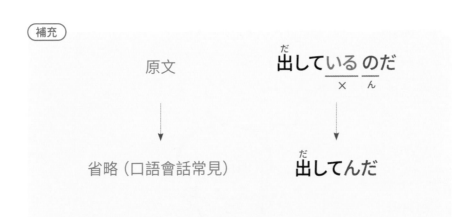

(1) 原句：表動作進行的「出している」再加上「のだ」。

(2) 「のだ」：是「んだ」比較文章、書面的寫法。
（口語中，有時會把「の」改成鼻音的「ん」，講話時會比較好發音）

句構

(1) 省略主格：把表示「對方」的「你」（きみ）給省略掉了。

　　* 提醒：中文裡，沒有省略主格的習慣，但是日文裡有，而且很常見。

(2) 「おおごえ」爲動詞「出す」的動作標的，故搭配助詞「を」

　　* 提醒：助詞「を」被用來當作「動作標的」時，在口語會話中，視情況可能會被省略掉。

情境二：留存結果

もしもし、
成田に着いた？

喂？
你到成田了嗎？

もう着いているよ！

已經到囉！（留存結果）

　　想傳達「已經抵達了」時，有兩種常見的表達方式：（1）直接用「過去時間た形」，說成：「着いた」。（2）或者用「ている」表達「留存結果」，說成「着いている」。

文法重點：

（1）用「着いている」或「着いた」皆可，只是「た形」更強調「變換的瞬間、當下」　＊可能是飛機剛降落不久時。

（2）「ている」強調「已經抵達了」的這個結果、狀態。（不是剛降落時）

（3）「もう」爲副詞，用來修飾動詞，表達「已經～」。

句構

（私は）
わたし

目的地
もう日本に着いている
に　ほん　↑　っ
（插入語）　（動詞）

もう　着いている
っ

日本
に　ほん
に

（1）省略：把「我」（わたし）這個主格給省略掉了。

（2）動詞：以動詞「着く」的「ている」，表示「留存結果」。

（3）插入語（自創名詞）：補充說明抵達的地點爲「日本」，以助詞「に」表示「目的地、抵達處」。

● 例句：台湾に到着している。　　　抵達台灣了。
　　　　たいわん　とうちゃく

　　　　電気がついている。　　　　燈是開著的。
　　　　でん　き

　　　　ドアが開いている。　　　　門是開著的。
　　　　　　あ

● 補充說明：「に」在此用來表示「目的地」，常搭配動詞「去～」以及「來到～地方」一起使用。

→**アメリカに来ている。**　　　來到了美國。

「ている」用法的補充

在表示「過往的經歷」時，有兩種主要的表達方式：

● **表示經歷**　　曾經在國外生活過

海外で暮らしている

（現在仍有影響）

→這個說法，給人「該經驗仍影響到現在」的感覺。

海外で暮らしたことがある

（過去曾有過的特殊經歷）

＊用「た形＋ことがある」

→純粹想表達一個較「特殊的經驗」、「不是人人都有的經驗」。

💡 重點回顧

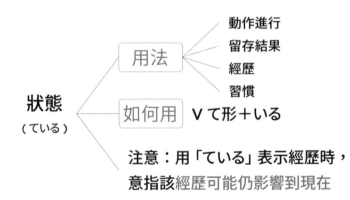

形容詞否定

阿姨，我不想努力了

（ 🔍 學習目標 ）

❶ 了解「形容詞否定」的用法

　　今天的單元是「形容詞否定」的部分，我們會看到「い形容詞」和「な形容詞」的否定講法。

🔍 **學習目標 ❶**
了解 「形容詞否定」 的用法

1 形容詞ない形（給予否定評價）

台湾<small>たいわん</small>の冬<small>ふゆ</small>は寒<small>さむ</small>くない。

台灣的冬天不冷。

2 願望たい形的否定（不想做～）

仕事<small>しごと</small>に行<small>い</small>きたくない。

不想去上班／不想去工作。

*對於台灣的冬天，給予個人感受的評價

變化方式

① い形：遅い → 遅<s>い</s> ＋ くない ＝ 遅くない

② な形：重要な → 重要<s>な</s> ＋ ではない ＝ 重要ではない

情境一：否定評價

> 味はどう？
> 味道如何啊？

> 確認／期待對方表示同意
> 美味しくないね。
> 不好吃呢。　（給予否定評價）

　　如果這樣評價老婆或女友煮的菜，可能就要跪算盤了（笑）。

文法重點：

(1)「どう」：表示「如何」、「怎麼樣」的意思，用來詢問別人的感受。
　　「禮貌體」可以直接加上「です」，變成「どうですか？」（「です」的疑
　　問句，會加上一個表疑問的「か」）。

(2) 語尾詞「ね」：主要用在「向對方確認」、「期待對方同意自己的看法」、
　　「表示認同」等情況下使用。（依情境不同去判斷用法爲何）

情境二：不想做～

おばさん、
俺はもう頑張_{がんば}りたくないの。

阿姨，我不想再努力了。　　（不想做～）

そんなこと（を）言_いわないで。
　　　　　　　　　　（輕微請求／命令）

你別這麼說啦。

文法重點：

(1)「願望たい形的否定用法」：動詞原形「頑張る」的「願望たい形」為
「頑張りたい」（想努力）→ 去掉字尾「い」→ 再加上「くない」
→ 頑張りたくない。

(2)「そんなこと」：直譯是「那樣子的事」，這裡指的是「那種話」。

(3)「て形」：單用「て形」，可以用來表達「輕微的命令」、「請求別人做某事」。

句構

もう頑張_{がんば}りたくない
（願望たい形的否定）

（俺_{おれ}は）

もう	頑張_{がんば}りたくない

(1) もう + V たい形 + くない

(2) 我不想再～

　　*「我已經不想要再做～」的意思，語氣上給人感覺也比較直接。

補充

　　想表達「拒絕」或「不喜歡」等具有負面含義的詞時，習慣會換個說法，讓語氣聽起來不那麼直接，就會顯得委婉許多。

● 拒絕邀約

（×）参加<ruby>参<rt>さん</rt></ruby><ruby>加<rt>か</rt></ruby>したくない　（不想參加）

（×）<ruby>行<rt>い</rt></ruby>きたくない　（不想去）

（○）<ruby>遠慮<rt>えんりょ</rt></ruby>する

● 表示不喜歡

（×）<ruby>嫌<rt>きら</rt></ruby>いだ　（討厭）

（△）<ruby>好<rt>す</rt></ruby>きではない　（不喜歡）

（○）<ruby>苦手<rt>にがて</rt></ruby>だ

💡 重點回顧

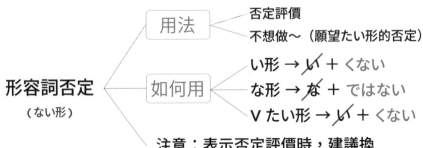

形容詞否定
（ない形）

用法 ── 否定評價
　　　　不想做～（願望たい形的否定）

如何用 ── い形 → い ＋ くない
　　　　　 な形 → な ＋ ではない
　　　　　 V たい形 → い ＋ くない

注意：表示否定評價時，建議換成委婉的說法

名詞否定

不是外遇，而是巧遇喔！

(🔍 學習目標)

❶ 了解「名詞否定」的用法

　　今天的單元是「名詞否定」；另外，我們還會結合 CHAPTER 2 提過的「て形」，學習「不是 A，而是 B」的講法。

🔍 **學習目標 ❶**
了解「名詞否定」的用法

1 否定說明　　　　### 2 否定身分

お金はすべてではない。

錢不是一切。

僕は学生ではない。

我不是學生。

情境一：給予否定說明

浮気ではなくて、
奇遇だよ！ 提醒／告知／主張

不是外遇，是巧遇啦！

文法重點：

(1)「名詞／な形容詞」：接續方式一致，直接加上「ではない」即可。

(2)「ではない」的「て形」：由於字尾是「い」，變化一樣遵循「い形容詞」，
　　「去掉い再加上くて」即可。
　　→「浮気ではなくて」

(3)「奇遇」也是名詞，爲「不期而遇」。

句構

浮気ではなくて、奇遇だ！
名詞　　　　　　　　名詞

名詞ではなくて、名詞だ

（これは）

浮気　奇遇
+ ではなくて　+ だ

語意 前句名詞表示「否定」，後句則爲「肯定」，表達「不是 A，而是 B」。

*「これは」：代指的是「這一件事」，把身爲主格／話題的「これ」省略掉。

*「て形」：用來接續句子。

情境二：給予否定說明

これが嫌(いや)なの？
你討厭做這個嗎？

いや、
嫌(いや)ではなくて
苦手(にがて)なんだ。
不，不是討厭，
是不擅長（或者「不想做」）。

文法重點：

(1)「語調上揚」：疑問句時，記得將語尾的音調拉高。

(2)「苦手(にがて)」：除了可以「委婉地表達自己不喜歡某事物」之外，它還有「不擅長、不拿手」的意思。

　　*提醒：要注意的是，「苦手(にがて)」除了用來表示「自身能力不足無法勝任」之外，同時還夾帶了些許「不想做」的語氣。如果是工作上委派的任務，還是盡可能避免用這種說法比較好，以免給人一種「沒有幹勁、不想做事」的感覺。

(3)「名詞／な形容詞」：接續方式一致，直接加上「ではない」即可。

句構

嘘<ruby>嫌<rt>いや</rt></ruby>ではなくて、<ruby>苦手<rt>にが て</rt></ruby>だ。
（な形）　　　　　　　（な形）

（私<rt>わたし</rt>は）

（ それ ）
が

嫌<rt>いや</rt>　苦手<rt>にが て</rt>

＋ではなくて　　＋だ

(1) な形＋ではなくて、な形＋だ。

(2) 語意：不是～，而是～

(3) 例句：（也可以將名詞和形容詞混搭）
　　<ruby>嘘<rt>うそ</rt></ruby>ではなくて、<ruby>本当<rt>ほんとう</rt></ruby>だってば！
　　（名詞）　　　　　（な形）
　　沒有騙人，我是說真的啦！（帶出些許不耐煩的語氣）

補充

「では」這個講法，在口語會話中，時常會被說成「じゃ」。

<ruby>浮気<rt>うわ き</rt></ruby>ではなくて、<ruby>奇遇<rt>き ぐう</rt></ruby>だ！

↓口語

<ruby>浮気<rt>うわ き</rt></ruby>じゃなくて、<ruby>奇遇<rt>き ぐう</rt></ruby>だ！

💡 重點回顧

用法 ── 否定說明
　　　　　 否定身分

名詞否定 ── 如何用　名詞 ＋ ではない
（ない形）

注意：ではない → じゃない（口語）

願望表達
今晚我想來點

（ 🔍 學習目標 ）

❶ 了解表達願望的「たい形」用法

　　爲了避免讓大家感到混亂，現階段在中文意思的對照上，會儘量採取「直譯」的方式。有的中譯聽起來可能不是那麼自然，請大家把中文當作理解原意用的參考，將注意力集中在「理解日文用法」上即可喔！

🔍 **學習目標 ❶**
了解表達願望的「たい形」用法

1 個人欲望

マックを食べたい！

想吃麥當當！

2 較難實現的願望

お金持ちになりたい！

想成爲有錢人！

情境一：個人欲望

今晚，我想來點……

今夜は、マックを
注文したい。

（今晚，我想來點麥當當。）

動詞原形：注文する

文法重點：「注文する」變化成「たい形」

　　動詞原形為「注文する」，遵循「不規則する動詞」的變化方式。去掉する → 加上「したい」→ 注文したい。

句構

今夜は、マックを注文したい。
（話題）　（受格）標的　動作

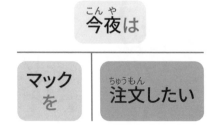

構成

名詞は + 名詞を + <ruby>注文<rt>ちゅうもん</rt></ruby>したい

（想點的東西）

　　第一個名詞加上助詞「は」表達出「時間帶」；第二個名詞加上助詞「を」，表示「想點的東西」，最後加上「注文したい」，表示「我想來點什麼～」，表達出個人的欲望。

語意　我想來點～（表達個人欲望）

情境二：表達「個人願望」（不一定會實現）

タピオカミルクティー
が<ruby>飲<rt>の</rt></ruby>みたい。
我想喝珍珠奶茶。

動詞原形：<ruby>飲<rt>の</rt></ruby>む
文法重點：「<ruby>飲<rt>の</rt></ruby>む」變化成「たい形」
　　動詞原形爲「<ruby>飲<rt>の</rt></ruby>む」，改爲ま行中「まみむめも」的「み」（第二變化），最後再加上「たい」即可。去掉む → 改爲み → <ruby>飲<rt>の</rt></ruby>みたい。

句構

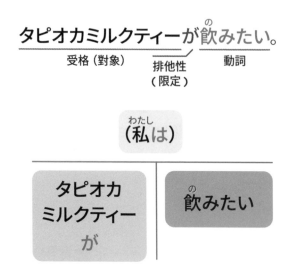

タピオカミルクティーが飲みたい。

受格（對象）　排他性（限定）　動詞

（私は）

タピオカ
ミルクティー
が

飲みたい

　　在上一個情境裡，我們一樣把動詞「注文する」改爲「たい形」的「注文したい」，但是，爲什麼搭配的助詞是用「を」呢？我們繼續往下看……

「が」vs.「を」

名詞が ＋ V たい形

名詞を ＋ V たい形

對象／標的

　　在這裡，兩種助詞都可以使用，但是說話者想傳達的「訊息重點」不一樣：

「が」：訊息重點在「前方」，有「限定對象」、「我只要這個，其他的我不要」的感覺。

「を」：訊息重點在「後方的動作」，提示「前方為動作標的」（受格），
重點放在「要去做某件事」上。

*不過兩種說法（聽起來）其實沒有什麼太大差別就是了。

例句一 ラーメンを食べたい。 想吃拉麵。

*沒什麼特定選項，單純表達想吃拉麵。

例句二 iPhone がほしい。 想要哀鳳。

*有很多選擇，但是堅持不要他牌的手機，表達「就是要買哀鳳」的感覺。

情境三：表達「較難實現的願望」

「願望たい形」可用來表達一些「很難實現、自己不能控制結果」的
願望。

かねしろたけし
金城武になりたい。

我想成為金城武。
（很難實現的願望）
（自己不可控制的）

動詞原形：なる
文法重點：變化動詞「なる」改為「たい形」
　　動詞原形「なる」，改為ら行中「らりるれろ」的「り」（第二變化），
最後再加上「たい」即可。去掉る → 改為り → なりたい。

句構

趨向→成為的對象

かねしろたけし
金城武になりたい

受格　　　　動詞

おれ
(俺は)

かねしろたけし
金城 武 に　　**なりたい**

*「なる」：這個動詞習慣搭配助詞「に」，表達出「目的／目的地」、「趨向」等意象。

構成

名詞に　　　＋　**なりたい**
（想變成的人／身分等）

語意　我想成為／變成～
例句　お金持ちになりたい。想成為有錢人。
かね も

延伸表達方式

　　「我想去旅行」可能說成「旅行に行きたい」，另外也可以說「旅行に行きたいと思う」。

直接　　　　　　　　　　　　　　　　**內斂**

目的
りょこう い
旅行に行きたい　　**vs.**　　**旅行に行きたいと思う**
（傳達個人欲望）　　　　　　　　　　（個人想法／感覺）

(1)「たい形」是比較直接的表達方式。

(2)「と思う」是「我覺得～／我認為～」的意思，表達出個人的看法及感覺，組合搭配後，聽起來會比單獨用「たい形」還內斂、保守一些（語帶保留）。

補充

其他注意要點：

1　「たい形」：主要用在第一人稱

（×）彼は大統領になりたい。　他想成為總統。

*單用「たい形」時，人稱通常是自己居多，這是因為我們不是對方，無法知道對方內心的想法。

2　ように：祈願

東大に受かりますように。　希望考上東大。

↖ 習慣用「ます形」

*想要祈求某些願望時，有一個相當固定的寫法：「動詞ます形」＋「ように」。（在日本神社的繪馬上經常可以看到）

💡重點回顧

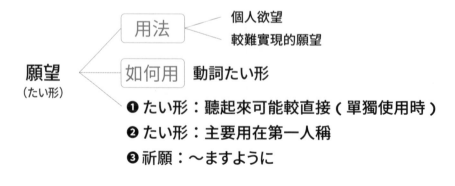

願望
（たい形）

用法 ── 個人欲望
　　　　 較難實現的願望

如何用　動詞たい形

❶ たい形：聽起來可能較直接（單獨使用時）
❷ たい形：主要用在第一人稱
❸ 祈願：〜ますように

請求／命令表達

萊納，你坐啊！

（ 🔍 學習目標 ）

❶ 了解表達「請求／命令」的用法

　　「請求／命令」的講法有很多種，我們先來統整一下之前有看過的相關用法，然後再帶入新的用法，以及補充說明爲什麼教科書常見的「～てください」並不建議經常使用的原因。（要視情況斟酌使用）

> 🔍 **學習目標 ❶**
了解表達「請求／命令」的用法

1 請求他人做某事

これを見てください。

請看這個。

2 下達指令

ポケモン、行け！

去吧，寶可夢！

* 語氣強烈程度比「～てください」
高，態度聽來相當強硬。

185

情境一：請求他人做某事

①　要連絡我喔！

これ、俺（おれ）の番号（ばんごう）。
また連絡（れんらく）してね。
這是我的電話
再連絡喔！

＼確認／期待同意

動詞原形：連絡（れんらく）する

文法重點：

(1)「ください」：可以把「ください」給省略掉，直接用「て形」表達輕微請求／命令即可。（這樣子的說法很常見，也給人比較輕鬆、口語的感覺）

(2)「おれ」為男性自稱「我」時的其中一個說法。

(3)「また」：原意為「再次重複之前發生過的狀況、做過的事」等。

　　這裡統整一下大家在之前單元裡學過的類似用法。主要的講法有兩種：「單用動詞て形」或「～てください」，主要用來「叫某人做某事」或「給予建議」。

構成

<h2 style="text-align:center">Ｖ て形
Ｖ て形 ＋ ください</h2>

語意 　請你〜（請求他人做某事／給予指令）

例句1 　任せてください。　請交給我吧。

例句2 　番号を教えてください。　請告訴我你的號碼。

例句3 　よかったら、これを使ってください。　不嫌棄的話，請用這個。

*「よかったら」是一個「假設、條件」相關的用法，表達「如果你不嫌棄的話，就〜」
　的意思。

情境二：表達「下達指令」

2 萊納，你坐啊！

ライナー、　提醒／主張（命令口吻）
座れよ！
萊納，你坐啊！

動詞原形：座<ruby>座<rt>すわ</rt></ruby>る

文法重點：

　　大家還記得我們在第二章節的最後一個單元，看到了「語氣較粗暴的命令形」用法嗎？「命令形」是屬於第四變化喔！

　　「座<ruby>座<rt>すわ</rt></ruby>る」變化成「命令形」時，將動詞原形「座<ruby>座<rt>すわ</rt></ruby>る」改爲ら行「らりるれろ」的「れ」（第四變化），後面不需要再加任何字，說成「座<ruby>座<rt>すわ</rt></ruby>れ」。去掉る → 改爲れ → 座<ruby>座<rt>すわ</rt></ruby>れ。

　　語氣強烈的命令形用法，最常見的主要有下列兩種：

（一）採用動詞「第四變化」。

（二）採用動詞「第二變化」，加上「なさい」。代表「你給我怎麼樣～」
　　　或「請你怎麼樣～」的意思。

構成

V 第四變化
V 第二變化 + なさい

| 語意 | 你給我～／你要～（下達指令） |

例句1　行<ruby>行<rt>い</rt></ruby>け！ 你給我去！（男性用語／較粗暴）

例句2　早<ruby>早<rt>はや</rt></ruby>く起<ruby>起<rt>お</rt></ruby>きなさい！ 你要早點起床／趕快給我起床。（上對下的教育：上司下屬／親子／師生）

延伸用法

　　「～てください」這個用法帶有「命令」的口吻，語氣比較強硬，沒有給對方拒絕的餘地，最好不要太常使用（視情況／與對方的身分關係等，也會影響到此種說話方式「是否會帶給對方不舒服的感覺？」）。

那，有沒有什麼替代用法呢？我們可以講成「〜てもらえませんか？」

不讓對方拒絕		給予對方拒絕的權利
〜てください！	vs.	〜てもらえ<u>ません</u>か？
		ます形的否定
（口吻較強硬）		（語氣較委婉）

（1）以「ます形」的否定形態「ません」加上表疑問的「か」的方式，去請求對
方做某事，給予對方拒絕的權利與空間，聽起來會比較委婉、禮貌。
（有點像中文「不知道能不能請你做〜」的感覺）

（2）建議直接把「〜てもらえませんか」整個記起來，用到的機會很多。

補充

最後是「ください」的補充說明，我們先來看一下對話。

ご<ruby>注文<rt>ちゅうもん</rt></ruby>（を）
お<ruby>伺<rt>うかが</rt></ruby>いします。

我來替您點餐。

Ａセットを<ruby>一<rt>ひと</rt></ruby>つください。

Ａセットをください。

請給我一個Ａ套餐。
請給我Ａ套餐。

（1）「ご注文をお伺います」是日本服務員在幫客人點餐時會用到
　　的慣用句。

（2）當客人回答「〇〇をください」時，這裡的「ください」是「動詞」
　　用法，代表「請對方給自己某物」的意思。

*「～てください」的「ください」是「補助動詞」，不能拆開，一定要跟「て形」
　黏在一起，才能表達「請別人做〇〇」的意思。

💡 重點回顧

請求／命令

- 用法
  - 請求他人做某事
  - 下達指令
- 如何用
  - Ｖて形／Ｖて形＋ください
  - Ｖ第四變化／Ｖ第二變化＋なさい

❶「～てください」的口吻較強硬，可換成
「～てもらえませんか」

❷「～をください」的「ください」為動詞用
法，意思為：請你給我～

勸誘表達

一起去吧！

（🔍 學習目標）

❶ 了解表達「勸誘」的用法

「勸誘形」（也可稱爲「意向形」）的變化方式，是從我們在前面單元裡提過的「第五變化」而來的，大家還記得嗎？

🔍 **學習目標 ❶**
了解表達「勸誘」的用法

1 自言自語   **2** 提議做某事   **3** 邀請別人一起做某事

やめよう！

放棄吧！

私が手伝おうか？

我來幫忙吧？

一緒に行こう！

一起去吧！

情境：提議做某事

我來幫忙吧？

大丈夫（だいじょうぶ）？
（私（わたし）が）手伝（てつだ）おうか？

沒事吧？我來幫忙吧？
（提議做某事）

コップが
割（わ）れちゃった。

杯子破了。
（居然）

動詞原形：手伝（てつだ）う

文法重點：「動詞變化」

　　動詞原形「手伝（てつだ）う」是一類動詞，變化遵循著字尾發音規則走，字尾改爲あ行中「あいうえお」的第五個假名「お」，再加上「う」即可。

句構

　　　　　　　　　　　　　　　　　　　　　　　疑問詞

（私（わたし）が）手伝（てつだ）おう か？
　主格　　　　　動詞

（私（わたし））が	手伝（てつだ）おう

主格「わたし」省略，加上動詞勸誘形「手伝おう」，用在「向人提議去做某事」時，句尾會習慣加上一個表示「不確定」的疑問詞「か」。

構成

V 第五變化 ＋ か（疑問）

語意 我來〜吧？（提議做某事）

例句1 （私が）助けようか？ 我來救你吧？

*剛剛我們看到的「手伝う」比較偏向中文「幫忙」的意思；「助ける」則偏像「救人」、「援助」的意思。中文裡，當我們在講「救命！」的時候，用的就是「助ける」這個動詞。

例句2 私が行こうか？ 由我去吧？

*假設今天公司有活動，同事們正在討論要派誰去，這時如果有人自告奮勇說「他要去！」的話，就可以這樣說喔！

延伸用法

欲望 + と思う = 內斂

〜たいと思う

vs.

意向 + と思う = 內斂、保守

V 第五變化と思う

之前我們說過表示願望的「たい形」，單用「たい」的話，給人的感覺可能過於直接，可以再加上「と思う」（我覺得、我認為）來讓語氣內斂一點。本單元提到的「勸誘形」，也可用在「自言自語」的時候，同樣也可表達出「個人的想法、意向」，這邊也可以用「勸誘形」加上「と思う」的方式，來表達「我打算、想要去做某件事」。（聽起來較保守）

補充

いっしょ きめつ み 目的
一緒に鬼滅を見に行こう
受格　動作標的 動詞
（標的）

一起去看鬼滅之刃吧！

V 第二變化
Ex：飲みに行く　來去喝一杯
Ex：留学しに行く　來去留學

(1) 表達「目的」時的助詞，以助詞「に」表達；「見る」爲二類動詞，直接去掉「字尾る」即可。

(2) 其他動詞的變化方式：「飲む」爲「一類動詞」，將其改爲ま行中「まみむめも」的「み」，變成「飲み」（第二變化）；「留学する」爲「不規則する動詞」，改爲「留学し」（第二變化）。

💡 重點回顧

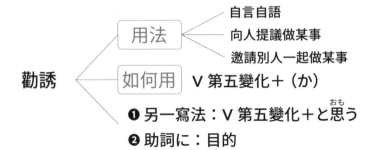

勸誘
用法
　自言自語
　向人提議做某事
　邀請別人一起做某事
如何用　V 第五變化＋（か）
❶ 另一寫法：V 第五變化＋と思う
❷ 助詞に：目的

決意表達

我決定施打疫苗

（ 🔍 學習目標 ）

❶ 表達「個人決意」的用法

🔍 **學習目標 ❶**
表達「個人決意」的用法

1 決心滿滿　　**2** 預定的行程　　**3** 心中的盤算

仕事をやめる。

我要辭掉工作。

転職する予定だ。

預計轉職。

仕事をやめるつもりだ。

我打算辭掉工作。

情境一：決心滿滿 vs. 預定的行程

1 我要接受疫苗接種。

ワクチン接種を受ける。

我要接受疫苗接種。
（表達出的是說話者滿滿的決心，就是「決定要做這件事」。）

ワクチン接種を受ける予定だ。

我預計要施打疫苗。
（是「已經排定好行程了」，有可能已經預約了施打時間。）

ご予約
日付：○×
番号：○×

句構

接種を受ける予定だ
せっしゅ　う　よてい

受格（標的）　　動詞
動作標的

わたし
（私は）

接種
せっしゅ
を

受ける
う

＋

予定
よてい

＋

だ

　　主格省略，受格「接種」爲動詞「受ける」的動作標的，助詞用「を」；
接續「予定」時，直接用原形即可。由於「予定」在這裡屬於名詞用法，
故句尾的終止詞用「だ／です」。

構成

V 原形 ＋ 予定だ
よてい

語意　　　預計要做～（已排好行程）
例句 1　　日本に行く予定だ。　預計去日本。
にほん　い　よてい
例句 2　　友達と会う予定だ。　預計跟朋友見面。
ともだち　あ　よてい
確定度：約 80% ～ 90%

由於是「已排定好的行程」，所以確定度高。

情境二：心中的盤算

② 我明天打算五點起床。

明日（あした）は、
５時（ごじ）に起（お）きるつもりだ。

我明天打算五點起床。
（心中的盤算）

＊為說話者「內心的盤算、打算」，一樣用到「動詞原形」，後方直接加上「つもり」即可。

句構

特定點 → 特定時間

明日（あした）は、５時（ごじ）に起（お）きるつもりだ。
主題　　插入語（時間）　動詞

明日（あした）は

５時（ごじ）に　｜　起（お）きる

＋

つもり

＋

だ

　　該句的「主題／話題」為「明日」（主格被省略）。在動詞「起（お）きる」的前方，補充說明設定起床的「時間點」為「5 點」。（用助詞「に」表示特定時間點）

構成

V 原形／ V ない形 + つもりだ

語意 我打算做～（個人心中盤算）

例句 彼氏は作らないつもりだ。　男友的話，我不打算交。

*用「ない形」表達「否定」的意思。

*可能不像「予定」那樣已經排好表定行程，不過這個用法還是透漏出「一定的準備」
　和「有決心要去做」的意思；確定度比「予定」再低一些。

比比看：

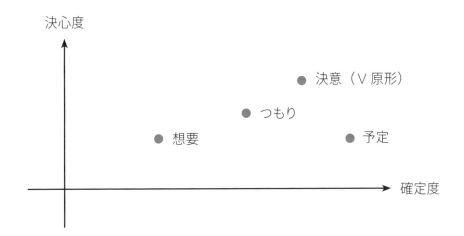

動詞原形：重點放在「決定要去做」。

「～予定」：排好的表定行程。

「～つもり」：表達出「已有一定的準備和計畫」。

「～たい」：主要用來表達「個人當下的願望」、「好想做～」。

補充

<ruby>彼女<rt>かのじょ</rt></ruby>と<ruby>結婚<rt>けっこん</rt></ruby>する
つもりだ

（打算跟她結婚）

vs.

<ruby>彼女<rt>かのじょ</rt></ruby>と<ruby>結婚<rt>けっこん</rt></ruby>する
つもりだった

（原本打算跟她結婚）

*以過去時間「だった」呈現時，意思會變成「原本打算跟她結婚，但是後來沒有結成」，可以用來表達「原本想做，但是最後並沒有實現」的想法。

💡 重點回顧

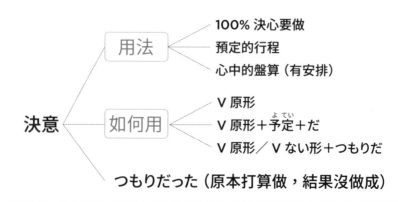

決意
- 用法
  - 100% 決心要做
  - 預定的行程
  - 心中的盤算（有安排）
- 如何用
  - Ｖ原形
  - Ｖ原形＋<ruby>予定<rt>よてい</rt></ruby>＋だ
  - Ｖ原形／Ｖない形＋つもりだ
- つもりだった（原本打算做，結果沒做成）

可能性表達

我還吃得下！

（ 🔍 學習目標 ）

❶ 表達「可能性」的用法

「可能性」表達，其實就是我們之前看過的「動詞第四變化的能力形」，大家還記得嗎？

不過，這個用法不只是用來表示「能力上的可不可以」，它還有一些「其他的用途」喔！

🔍 **學習目標 ❶**
表達 「可能性」 的用法

1 能力上可行

<ruby>中<rt>ちゅう</rt></ruby><ruby>国<rt>ごく</rt></ruby><ruby>語<rt>ご</rt></ruby>が<ruby>話<rt>はな</rt></ruby>せる。
我能說中文／我會說中文。

2 情況上可行

カードで<ruby>買<rt>か</rt></ruby>える。
能夠刷卡買。

3 難得的心情

<ruby>会<rt>あ</rt></ruby>えて<ruby>嬉<rt>うれ</rt></ruby>しい。
能見到面很開心。

能力上可行

> まだ食(た)べられる。
> 我還吃得下。（能力上的可行）

你吃了五人份的食物，朋友看你吃到肚子撐得圓滾滾，覺得你應該不行了。這時，當你想表達自己「還吃得下」時，就可以這樣說。

動詞原形：食(た)べる（二類動詞）

文法重點：

(1) 使用時機：「能力形／可能形」還有一個特色是——「這個能力不是每個人都擁有的」。（例：吃了五人份的食物後還有胃口，並不是人人都可以做到的。）

(2) 變化：原形「食(た)べる」為二類動詞，去尾求生去掉る＋ 二類動詞能力形「られる」＝ 食(た)べられる

句構

（私(わたし)は）　まだ　食(た)べられる
話題／主格　　　　　　　動詞

（私は）

まだ | 食べられる

　　主格省略，以副詞「まだ」修飾後方動詞「食べる」的能力形／可能形「食べられる」。

構成

V 第四變化

語意　能夠／可以～（不是人人都有的能力，不是每個地方情況都是如此）

例句 1

私は泳げる。　我會游泳。

*原形「泳ぐ」為一類動詞，第四變化用字尾「ぐ」的が行中「がぎぐげご」的第四個假名「げ」＋「る」＝ 泳(およ)げる。

例句 2

私は運転できる。　我會開車。

*原形「運転する」，する動詞去掉「する」＋する動詞能力形「できる」＝ 運転できる

例句 3

彼_{かれ}は来_こられる。　他能來。

*這裡用到的是不規則動詞「来_くる」，變化時改頭換面，發音跟形態都產生了變化，
　来る的能力形為「来_こられる」。

補充

　　除了上述變化方式之外，也可用「名詞」或「動作性名詞」加上「～
ができる」的方式去表達。

私_{わたし}は 運転_{うんてん}ができる
（同時）話題／主格　　受格（對象）　動詞（非動作性）

私_{わたし}は

運転_{うんてん}が　　できる

（1）**「できる」**：本身可以單獨當作動詞使用，而不規則「する動詞」的能力
　　　形／可能形，就是借用了這個動詞。

（2）**「する動詞」**：很多是以「漢語名詞」＋「する」的方式，將它動詞
　　　化的。把「する」去掉後，就變回了原本漢語名詞的形態，可以當作名詞使
　　　用。「運転_{うんてん}する」去掉する → 「運転_{うんてん}」（名詞）。

構成

名詞（學科等）
動作性名詞（特別的技能等） ＋ ができる

語意 能夠／可以～

例句 1

わたし すうがく
私は数学ができる。

我會數學。(數學能力還不錯的意思。)

例句 2

かれ じ すい
彼は自炊ができる。

他會自己下廚。(能夠自己煮飯的意思。)

* 「動作性名詞」：顧名思義就是「帶有動作性」的名詞，像是「運動、散歩、掃除」
  等。

	能力上可行	情況上可行	難得的心情
えい ご はな 英語が話せる	✓		✓ 暗指並不是每個人都會說
クーポンが 使える		✓	✓ 暗指並不是每個地方都可以使用
かねしろたけし あ 金城武に会える		✓	✓ 暗指並不是平常能見到的對象

不管是「英語が話せる」，表示「能力上可行」的「能說英文」，還是「クーポンが使える」表示「情況上可行」的「可以使用優惠券」，又或者是「金城武に会える」能跟金城武見面，「能力形／可能形」或多或少都傳達出一種「難得」的感覺，暗指「不是每個人都會，不是每個地方都是如此，不是平常能夠做到的事」等。

注意一：常犯錯誤

① **不能改為能力形的 V**（本身已帶有「能力」的性質在內）

（○）投資が分かる。　　懂投資／理解投資。

（×）投資が分かれる。

（○）できる　（能夠、可以；會做～）

② **與「人的能力」、「情況條件」無關**

（○）この魚はもう動かない。　　這條魚已經不會動了。

（×）この魚はもう動けない。

注意二：助詞上的使用

　　能力形／可能形習慣搭配的助詞，大部分情況接「が」，少部分情況接「を」。

一般常用：が　　　　　　特定情況：を

<ruby>英語<rt>えいご</rt></ruby>の<ruby>本<rt>ほん</rt></ruby> が <ruby>読<rt>よ</rt></ruby>める　　<ruby>英語<rt>えいご</rt></ruby>の<ruby>本<rt>ほん</rt></ruby> を ゆっくり<ruby>読<rt>よ</rt></ruby>める
受格（對象）　　　　　　受格（標的）　　　副詞

能讀／看得懂英文書　　　能夠慢慢地讀懂／看懂英文書

(1) 第一句的重點會在前方的「英文書」上。

(2) 第二句的說法，助詞搭配「を」，這是爲什麼呢？因爲第二句有副詞「ゆっくり」在裡面，用副詞修飾動詞的時候，訊息重點自然而然落在後方的「能夠慢慢地看懂」上，故此時習慣用「を」。

💡 重點回顧

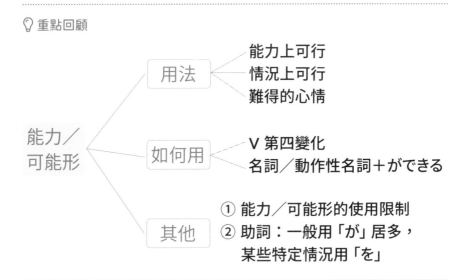

能力／可能形
- 用法
  - 能力上可行
  - 情況上可行
  - 難得的心情
- 如何用
  - V 第四變化
  - 名詞／動作性名詞＋ができる
- 其他
  - ① 能力／可能形的使用限制
  - ② 助詞：一般用「が」居多，某些特定情況用「を」

傳聞消息

Day 29

聽說唐吉軻德開幕了欸！

progress

（ 🔍 學習目標 ）

❶ 表達「傳聞消息」的用法

　　關於「傳聞消息」，大家之前在第二章節的最後一個單元有看到表示「傳聞」的「そうだ」對吧？

　　在這個單元裡，除了會探討「そうだ」的用法之外，我們還會看到另外兩個跟傳聞相關的用法喔！

🔍 **學習目標 ❶**
表達「傳聞消息」的用法

❶ そうだ	**❷ らしい**
用在「原封不動地傳達從他人得知的消息」、「看新聞得知」等情況。	消息較不可靠，表達「好像是這樣，但是我不清楚（可能跟自己較沒關係，不會對自己產生影響，語氣較冷淡）」。

たいふう　く
台風が来るそうだ。
聽說颱風要來了。

かれ　に ほん　い
彼は日本に行くらしい。
他好像要去日本。

情境一：原封不動地傳達從他人那裡得知的消息

> ドンキが台北の西門町に１号店を開業するそうだよ。
>
> 聽說唐吉軻德要在台北西門町開第一家店了。

文法重點：

(1) 消息來源較可靠，原封不動地傳達從他人那裡得知的消息。

(2) 變化：原形「開業する」直接加上「そうだ」即可。

句構

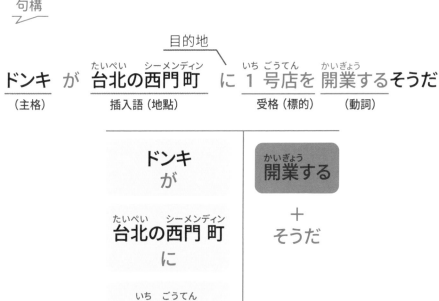

目的地

ドンキ　が　台北の西門町　に　１号店を　開業するそうだ

（主格）　　插入語（地點）　　受格（標的）　（動詞）

ドンキ が	開業する
台北の西門町 に	＋ そうだ
１号店 を	

● **「主格」：**唐吉軻德（ドンキ），動詞爲「開業<ruby>開業<rt>かいぎょう</rt></ruby>する」。

● **「插入語」：**補充說明地點在「西門町」。

構成

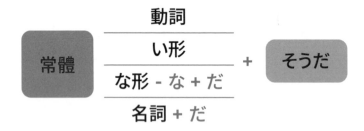

要特別注意的是「な形容詞」跟「名詞」的接續方式，必須加上「だ」才能接續「そうだ」。（接續習慣）

語意　聽說～（原封不動地傳達從他人那裡得知的消息）

例句 1

<ruby>明日<rt>あした</rt></ruby>は<ruby>雨<rt>あめ</rt></ruby>が<ruby>降<rt>ふ</rt></ruby>るそうだ。　聽說明天會下雨。

*原形「<ruby>降<rt>ふ</rt></ruby>る」直接加上「そうだ」。

情境二：消息來源較不可靠／從現有情報進一步推測
（跟自己較無關、沒影響）

A さんは不倫^{ふりん}しているらしいよ。

A 桑好像在搞外遇喔！

動詞原形：不倫^{ふりん}する

文法重點：

（1）**「らしい」：** 接續時可以用「動詞原形」，也可以像例句這樣用「ている」

（表示狀態），就看想表達的句意適用哪一種。

（2）**動詞原形：**「不倫^{ふりん}する」，爲「外遇、搞婚外情」的意思。

句構

A さんは不倫^{ふりん}しているらしい

　　話題／主格　　　　　動詞

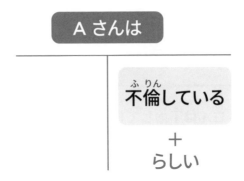

「不倫する」→「不倫している」（動詞て形＋いる），表達對方正處在偷情、搞外遇的狀態當中。

構成

　　動詞、形容詞及名詞，都可以用來搭配「らしい」。如果你跟我一樣，記憶「な形容詞」時，是加上「な」一起記的，那這裡就要記得把連接名詞時的「な」拿掉喔。

　　如果你不是這樣記的話，那就是直接加上「らしい」即可。

語意 好像～（消息來源較不可靠／從現有情報推測）
例句

○○の奥さんは綺麗らしい。
某人的太太好像很漂亮。

- 可信度低：消息來源比較沒那麼可靠，會比「そうだ」還低。
- 關心度低：有時會給人「好像是那樣，但是不甘我的事」，有一種與自
己無關、冷漠的感覺。

補充一：常見錯誤

    如果這個消息是從本人那裡直接聽到的，就不太會用「そうだ」，反
而會直接用動詞「言う」表達「本人／當事人是這樣說的」。

（○）うちに来るって言っていたよね？（你有說過要來我家對吧？）
（✕）うちに来るそうだ？？

*「ていた」是另一個時態上的用法，本書沒有提及。

補充二：表示傳聞的そうだ／ようだ／らしい

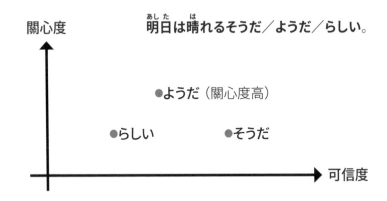

我們以「可信度」以及「關心度」來區分一下這三個用法的差別：

(1) **「そうだ＆らしい」**：共同特點是「關心度都比較低」（而且「らしい」
還會給人一種冷漠感），但是「そうだ」的消息來源比較可靠。

(2) **「ようだ」**：比較像是「從五官感覺到的、透過觀察到的進一步推測」。
情報可信度大約在「そうだ」與「らしい」之間。

比較特別的是，「ようだ」的關心度是比較高的，表達出說話者對此
話題是「感興趣的」，代表這件事「可能跟說話者有關聯」、「會對說話者
產生一定的影響」。

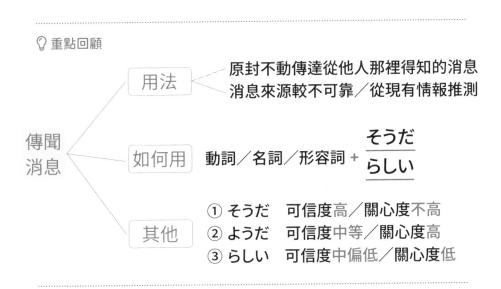

💡 重點回顧

用法 ── 原封不動傳達從他人那裡得知的消息
　　　　消息來源較不可靠／從現有情報推測

傳聞
消息

如何用　動詞／名詞／形容詞 + そうだ
　　　　　　　　　　　　　　　　　らしい

其他　① そうだ　可信度高／關心度不高
　　　② ようだ　可信度中等／關心度高
　　　③ らしい　可信度中偏低／關心度低

推測表達

Day 30

我覺得不行

（ 🔍 學習目標 ）

❶ 表達「推測」的用法

在這個單元裡，除了有之前曾經看過的「我認為～」、「我覺得～」的「と思う」 之外，還會看到另外兩個相關的用法。

🔍 **學習目標 ❶**
表達 「推測」 的用法

第一個用法

と思う：
個人判斷

間違いだと思う。

我覺得是錯的。

第二個用法

でしょう：
客觀的推測

台湾人は優しいでしょう。

台灣人應該很溫柔吧！

第三個用法

～そう：
視覺上的推測

あれは美味しそう。

那看起來很好吃。

情境一：個人判斷

俺_{おれ}はいけないと思_{おも}う。 我覺得不行。

*偏向方式／手段「行不通」的意思。

動詞原形：いく（可能形是いける）

文法重點：

(1) 說明：這是之前我們看過的「我認爲～」、「我覺得～」的用法，屬於「個人判斷」。

(2) 變化：「いけない」爲動詞原形「いく」之可能形「いける」的否定形。直接在常體動詞後方加上「と思_{おも}う」，即可表達自己的推測。

句構

俺_{おれ}は	いけない	と思_{おも}う
話題／主格	內容	動詞

俺_{おれ}は
―――――――――
いけない
+
と思_{おも}う

● 主格：是「おれ」。

● 助詞：「と」在此處表示的是「內容」，比如「思考的內容」、「說話的內容」、「聽到的內容」等，之前看到的「～と言_いう」即爲此概念。

構成

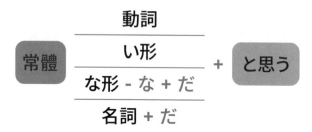

　　要特別注意的是「な形容詞」跟「名詞」的接續方式：必須要加上「だ」才能接續「と<ruby>思<rt>おも</rt></ruby>う」。

語意　我覺得～（個人判斷）

例句

（<ruby>私<rt>わたし</rt></ruby>は）<ruby>日本女子<rt>に ほんじょし</rt></ruby>が<ruby>可愛<rt>か わい</rt></ruby>いと<ruby>思<rt>おも</rt></ruby>う。 　我覺得日本女生很可愛。

*「い形容詞」的「<ruby>可愛<rt>か わい</rt></ruby>い」，後方直接接上「と<ruby>思<rt>おも</rt></ruby>う」即可。表達出「其他人的看法我不清楚，但是我個人認為～」的意思，給人的主觀性較高，故不適合用在「需要給對方肯定答案」的情況上。

情境二：較客觀但仍有不確定的推測
（講話不講死，聽起來也比較委婉）

コロナが収束^{しゅうそく}するでしょう。　新冠應該會結束的吧！

文法重點：

(1) 直接用動詞原形的「収束^{しゅうそく}する」，再加上「でしょう」即可。「収束^{しゅうそく}する」 為「了結、結束」的意思。

(2)「コロナ」：簡稱，普遍被用來稱呼這次的新冠肺炎，代指 「新型コロナウイルス」（新型冠狀病毒）。

句構

- 「主格」：コロナ
- 「動詞」：収束^{しゅうそく}する

構成

常體	動詞	
	い形	+ でしょう
	な形 - な	
	名詞	

語意　應該～吧！／是～吧！（推測）

例句

明後日（あさって）は雨（あめ）でしょう。　後天應該會下雨吧！

*名詞「あめ」直接加上「でしょう」即可。

*這句話經常在氣象預報裡看到。日本人習慣不把話講得太死，太過武斷的話也顯得語氣強硬。「でしょう」聽起來的感覺比較客觀，語氣又委婉（沒有給出很肯定的答案，帶有一點不確定的感覺）。

情境三：視覺上的推測（主要）

プリンラーメンがおいしそう。

布丁拉麵看起來很好吃。

文法重點：

(1)「變化」：い形容詞「おいしい」，把字尾「い」去掉 ＋「そう」。

(2)「漢字標記」：「おいしい」可以寫成漢字的「美味（おい）しい」；也可以像上述例句那樣直接用假名標記。（兩種都很常見）

句構

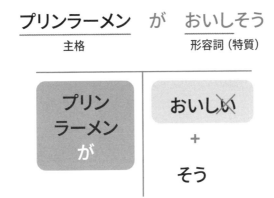

主格爲「プリンラーメン」，用形容詞「おいしい」表示「主格的特質」。
「い形容詞」變化時去掉「い」加上「そう」。

構成

	V 第二變化		
常體	い形 - い な形 - な	+	そう

語意 　看起來好像～／感覺好像～

例句 1

A チームが負けそう。 　　A 隊好像快輸了。

*「變化」：原形「負ける」爲二類動詞，變化時「去尾求生」把「る」去掉 ＋「そう」。

221

例句 2

これあげる、君が好きそうだから。

這個給你，感覺你應該會很喜歡。（所以我才買來給你）

　　送人禮物時可以這樣說。說話者可能從先前的印象去推測：之前看過對方表達出對某類物品的喜愛之情，或者對方曾透露過自己喜歡某種顏色、款式等個人喜好，進而去評斷「對方應該會喜歡」。

*「變化」：「好きな」（喜歡的）去掉連接名詞時的「な」，再加上「そう」。

💡 重點回顧

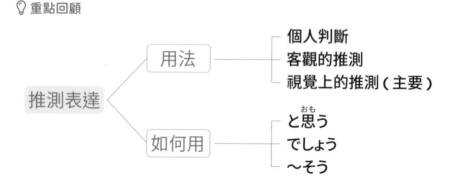

推測表達

用法 ── 個人判斷
　　　　 客觀的推測
　　　　 視覺上的推測（主要）

如何用 ── と思う
　　　　 でしょう
　　　　 ～そう

Day 31 | 原因／前提表達

progress

我有事先走

(🔍 學習目標)

❶ 表達「原因／前提」的用法

　　原因指的就是「因果關係」，這裡我們會介紹兩種用法。

　　其次，其中一個用法還可以拿來當成「前提」使用，也就是「在某個前提／條件成立之下，請別人讓自己做某事、請求別人做某事，或者去做某事」等。

🔍 學習目標 ❶
表達 「原因／前提」 的用法

第一個用法	第二個用法
から／ので （因果關係）	から（前提／條件）

<ruby>疲<rt>つか</rt></ruby>れたから、<ruby>音楽<rt>おんがく</rt></ruby>を<ruby>聞<rt>き</rt></ruby>こう！

（因為）我累了，所以來聽音樂吧！

*並不是每個人累了都會想聽音樂的，這裡偏向「個人主觀看法導致的因果關係」，而中譯的「因為～所以～」，不一定會被翻譯出來。

ちゃんと<ruby>勉強<rt>べんきょう</rt></ruby>するから。

我會好好唸書的。(所以請你○○)

*這裡可以想像到一個情境：「小孩想讓家長買玩具，但是考試考得不好，媽媽不太想買給他。此時，他可能會說『我會好好唸書的，請你買給我～』」，這就是一種表示「前提、條件」的語境。

情境一：個人看法所導致的因果關係

疲れたから、仕事をやめた。

（因爲）我累了，所以把工作辭了。

動詞原形：疲れる、やめる

文法重點：

(1) 　連接：這裡分成兩個句子，第一句是「我累了」，第二句是「把工作辭了」。以表示「因爲～所以～」的「から」來連接。

(2) 　變化：兩個動詞「疲れる、やめる」皆改爲「過去時間た形」（常體）。

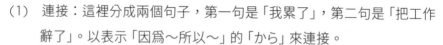

句構

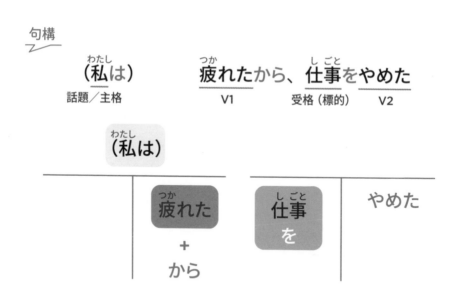

構成

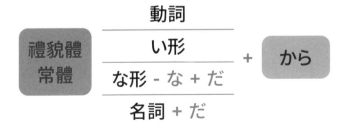

禮貌體
常體 ｜ 動詞 ／ い形 ／ な形 - な + だ ／ 名詞 + だ ＋ から

接續的方式非常多元，除了常體的「動詞」、「形容詞」、「名詞」之外，其實還可以接「禮貌體」（不過，本書內容與例句皆以常體爲主）。

「常體動詞」、「い形容詞」直接加上「から」就好，而「な形容詞」及「名詞」則要記得先加上「だ」，才能連接「から」喔～（可以想成是「接續上的習慣」）。

語意　因爲～所以～（個人看法）

例句 1

天
てん
気
き
がいいから、散
さん
歩
ぽ
しよう。　天氣很好，我們來散步吧。

例句 2

寒
さむ
いから、暖
だん
房
ぼう
をつけなさい。　太冷了，開一下暖氣吧。

情境二：理所當然的因果關係

用
よう
事
じ
があるので、お先
さき
に失
しつ
礼
れい
します。

我有事先走囉。

文法重點：

　　直接用動詞原形「ある」再加上「ので」即可。「用事がある」類似中文的「有事情、要忙」等意思。

句構

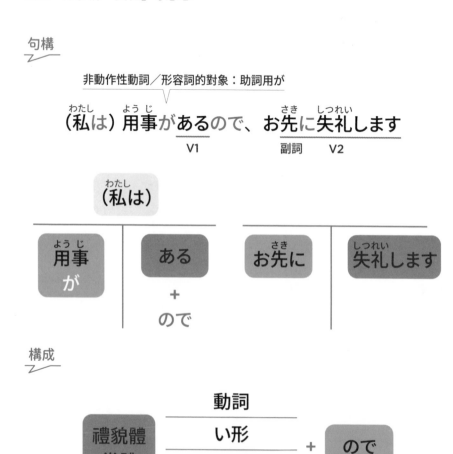

接續的方式：一樣可接續常體或禮貌體，唯一要特別注意的是「名詞」。「な形容詞」直接沿用連接名詞時的「な」即可，但是名詞則要特別加上一個「な」才能接續「ので」。

語意 因為～所以～（理所當然的因果關係，也就是理所當然的發展、自然而然導致的結果）

例句 1

怪我<ruby>（け が）</ruby>をしたので、試合<ruby>（し あい）</ruby>に出<ruby>（で）</ruby>られない。 受傷了，所以沒辦法參賽。

*「けが」是受傷的意思，原本為名詞；「試合<ruby>（し あい）</ruby>に出<ruby>（で）</ruby>る」為「參加比賽」。因為受傷所以無法參賽，這是很正常的結果、理所當然的發展。前後事態的發展與個人看法較無關。

例句 2

事故<ruby>（じ こ）</ruby>があったので、ダイヤが乱<ruby>（みだ）</ruby>れている。 發生了事故，所以時刻表大亂。

*常發生在大眾交通工具上，這裡表達的是一種「客觀的事實」，陳述事實，沒有夾雜個人看法，所以用「ので」。

補充一

「から」、「ので」在某些情況下，傳達給人的「語氣差異」。

因果關係	責任感
用事<ruby>（よう じ）</ruby>があるので、お先<ruby>（さき）</ruby>に	忙<ruby>（いそが）</ruby>しかったから、忘<ruby>（わす）</ruby>れた
用事<ruby>（よう じ）</ruby>があるから、お先<ruby>（さき）</ruby>に	忙<ruby>（いそが）</ruby>しかったので、忘<ruby>（わす）</ruby>れた
我有事先走	太忙了，所以忘記了

*「から」、「ので」還會傳達出「說話者是否有感受到自己的責任」。

（1）這裡用「忙しい」這個形容詞來表達個人評價時，由於「から」本身帶有「個人看法、主觀」的特質，反而給人一種「該負責任的人是我」的感覺。所以，「忘記了」的這件事，是我個人的責任。

（2）「ので」表示的是「理所當然導致的結果」，放在這個例句裡，反而給人一種「不太負責任」的感覺，就好像「我忘記了」的這件事是「理所當然」的，跟我個人沒有關係，我不用負起責任。

補充二

表示前提／條件的用法。

幸せにするから、結婚してください。 我會讓你幸福的，請跟我結婚。

君のこと（を）守るから、付き合ってください。 我會守護著你，請跟我交往。

前提／條件　　　　　　　請求

前句的「幸せにする」跟「君のこと（を）守る」為「前提／條件」，在「這個前提／條件之下」，請求別人做某件事。

💡 重點回顧

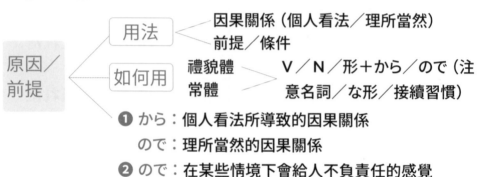

Day 32 禁止表達

Day 32

禁止表達
不要問很恐怖

progress

（🔍 學習目標）

❶ 表達「禁止」的用法

關於「禁止」的用法，其實我們在之前的單元裡也有陸續看到，比方說「動詞ない形加で」的用法，又或是「動詞原形加な」的用法（語氣較粗魯）。除了這兩個用法之外，這個單元還會再介紹另一個用法。

🔍 **學習目標 ❶**
表達 「禁止」 的用法

第一個用法	第二個用法
個人命令（輕微） （強制性不高）	個人判斷／情況不允許 （有一定強制性）

そんなこと言_いわないで。

別那樣說啦！

*在「阿姨，我不想努力了」的單元裡有出現喔（笑）。

外_{そと}に出_でてはいけない。

不可以出門。

*這個是新的用法，為「動詞て形」再加上「(は)いけない」。

情境一：個人命令（輕微）

<ruby>聞<rt>き</rt></ruby>かないで、<ruby>怖<rt>こわ</rt></ruby>いから。　　不要問，很恐怖的。

<u>前提</u>

動詞原形：<ruby>聞<rt>き</rt></ruby>く

文法重點：

(1)　變化：動詞原形「<ruby>聞<rt>き</rt></ruby>く」改為「否定ない形」→「聞かない」再加上「で」。

(2)　其他：「から」是我們學過的「前提用法」。這裡是指「因為很恐怖，所以請對方不要再問了」的意思。

句構

（それを）　　<ruby>聞<rt>き</rt></ruby>かないで、<ruby>怖<rt>こわ</rt></ruby>いから。

受格（標的）　　動詞ない形　　形容詞（特質）

それを	<ruby>聞<rt>き</rt></ruby>かないで	<ruby>怖<rt>こわ</rt></ruby>い
		+
		から

構成

V ない形 + で

語意 不要做～／別做～ （強制性不高）

*相比起來，這個用法的強制性不高，比較像是一種「喊話」、「呼籲」。

例句 1

行^いかないで。　　不要走～

例句 2

私^{わたし}のこと、忘^{わす}れないでね！　　別把我給忘了喔！

*「私^{わたし}のこと」，也就是「與我有關的所有事」。還記得在畢業紀念冊上，我們常常會
寫上「勿忘我」這三個字嗎？（希望我們的年代沒有相差太遠……）那句「勿忘我」
就跟這個例句的情境很類似！當朋友們要離開、去很遠的地方，或者畢業後大家
各奔東西時，就很適合講這句話。

情境二：個人命令（強烈＆粗魯）

「別碰我妹妹」這句我們之前有看過了，放在這個單元裡當作複習。

妹^{いもうと} に触^{さわ}るな。　　別碰我妹妹

動詞原形：触^{さわ}る

動詞原形：触る

文法重點：

　　動詞原形直接加上「な」即可。（語氣上蠻粗暴的，也給人一種壓迫感）

句構

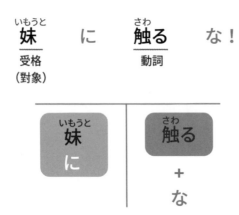

妹^{いもうと}　に　触^{さわ}る　な！

受格
（對象）　　　　動詞

構成

V 第三變化（原形）＋ な

語意　不准～／別～

例句1

ふざけるな。　別開玩笑了。

*「ふざける」是「開玩笑、鬧著玩」的意思。

例句 2

勝手に入るな。　不准隨便進來。
かって　　はい

*「勝手に」為副詞用法，這裡表示「沒經過別人同意就〇〇」的意思。
　かって

情境三：個人判斷／情況不允許

マスクを外してはいけない。
　　　　　はず

不可以脫下口罩。

動詞原形：外す
　　　　　はず

文法重點：

　　動詞原形「外す」改為「て形」→「外して」，再加上「（は）いけない」。
　　　　　　　はず　　　　　　　　　　　　　はず

可以是「個人判斷的不允許」，也可以是「情況上的不允許」。而這個用法

是「有一定強制性」的。

句構

マスク	を	外してはいけない
受格（標的）		動詞

マスク を	外しては いけない

構成

V て形 + はいけない

語意　不行做〜／不可以〜（有一定強制性）

例句 1

食事<ruby>食<rt>しょく</rt></ruby><ruby>事<rt>じ</rt></ruby>してはいけない。　不行吃東西。

*可能是那個場所規定不可以進食，是一種「情況上的不允許」。
*原形爲「不規則する動詞」：「食事<ruby>食<rt>しょく</rt></ruby><ruby>事<rt>じ</rt></ruby>する」。

例句 2

<ruby>間<rt>かん</rt></ruby><ruby>食<rt>しょく</rt></ruby>食してはいけない。　不可以吃零食。

*可能是覺得吃零食對身體不好，叫小孩不能吃零食之類的。
*原形爲「不規則する動詞」：「<ruby>間<rt>かん</rt></ruby><ruby>食<rt>しょく</rt></ruby>食する」。

補充

給人建議／忠告時，可以使用「你最好〜／做〜會比較好」。

（1）　**V た形 + ほうがいい**　　（怎麼做會比較好）

→　<ruby>諦<rt>あきら</rt></ruby>めたほうがいい。　你最好放棄。

*用常體、表過去時間的た形，加上「〜ほうがいい」。

（2）　**V ない形 + ほうがいい**　　（不要怎麼做會比較好）

→　<ruby>外<rt>そと</rt></ruby>に<ruby>出<rt>で</rt></ruby>ないほうがいい。　不要外出比較好。

*表達否定時，直接改爲「ない形」，再加上「〜ほうがいい」。

（3）　**Ｖ 第三變化 (原形) + ほうがいい**　　（怎麼做會比較好）

→　風邪を引く時は、お水を飲むほうがいい。　感冒時最好要喝水。

*用原形，加上「〜ほうがいい」。

*(1)和(3)的差別為：第一句比較主觀，帶有些許個人看法；而第二句比較客
　觀，不夾雜自身意見。

💡重點回顧

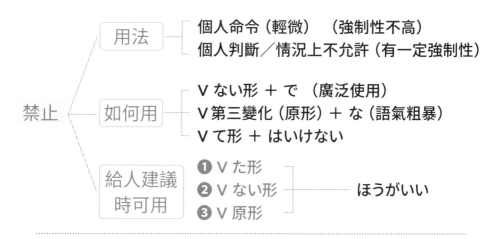

禁止
- 用法
  - 個人命令（輕微）　（強制性不高）
  - 個人判斷／情況上不允許（有一定強制性）
- 如何用
  - Ｖ ない形 + で　（廣泛使用）
  - Ｖ第三變化（原形）+ な（語氣粗暴）
  - Ｖ て形 + はいけない
- 給人建議時可用
  - ❶ Ｖ た形
  - ❷ Ｖ ない形 ── ほうがいい
  - ❸ Ｖ 原形

存在表達

醒醒吧！你根本沒有妹妹

progress

（ 🔍 學習目標 ）

❶ 表達「存在」的用法

　　之前我們有看過：「存在表達」會用到的存在動詞爲「いる」跟「ある」，也針對他們兩者的差別做過比較，「いる」主要用在「會動的人事物上」，而「ある」則相反。

　　接下來，我們要來進一步探討「いる」跟「ある」的用法，以及他們的「否定形」囉！

🔍 **學習目標 ❶**
表達 「存在」 的用法

第一個用法

人的存在

きょうだい
兄弟がいる。

有兄弟姐妹。

第二個用法

具體事物的存在

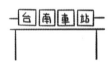

えき
駅がある。

有車站。

第三個用法

抽象事物的存在

じ かん
時間がある。

有時間。(空檔)

情境一：人的存在

目_めを覚_さまそう！君_{きみ}には妹_{いもうと}がいないから。

醒醒吧！你根本沒有妹妹

動詞原形：覚_さます

文法重點：

　　　這裡用到了兩個助詞：

(1)　助詞「に」：表示「存在的地點」，這裡指的是「存在於某人身上」。

(2)　助詞「は」：表示「話題的中心」，凸顯「你這個人，是沒有妹妹的好嗎！」
　　　（類似這種語氣）。

句構

君_{きみ}には	妹_{いもうと}が	いない
（話題）	受格（對象）	動詞（無動作性）

君_{きみ}には

妹_{いもうと}が	いない

構成

N　が ＋ いる／いない
（會動的）

語意　有～／沒有～

例句 1

へ や ねこ
部屋に猫がいる。房間裡有貓。

例句 2

かれ きょうだい
彼には兄弟がいない。他沒有兄弟姐妹。

*指「存在於某人身上」，助詞「に」搭配上「は」：可以更加凸顯出話題。

情境二：具體事物的存在

そこにタクシーがある。那裡有計程車。

*假如，你看到停車場停了很多計程車，而計程車是靜止不動、裡面也沒有人時，
就可以這麼說。

句構

特定點 → 存在地點

（そこに）、タクシー　が　　ある
受格（對象）　　　　動詞（無動作性）

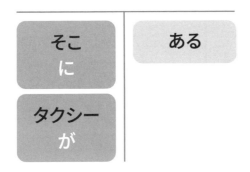

構成

N　が + ある／ない
（不動的）

語意　有～／沒有～

比較　「ある」、「ない」：用在不動的人事物上。不過，如果是「看到路邊停了計程車，但裡面有人」時，就會用動詞「いる」，而不是「ある」，說成：「そこに、タクシーがいる。」（或者路上奔馳中的也會用「いる」）

*這裡要注意「ある的否定形」，直接變成「ない」即可。

補充：抽象事物的存在

❶　❷　❸

例句 1

イベントがある。　有活動。（舉辦中）

例句 2

勇気がある。　有勇氣。
ゆう き

例句 3

時間がない。　沒有時間。
じ かん

💡 重點回顧

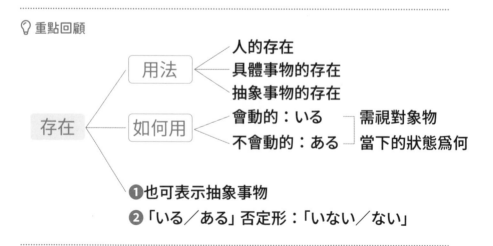

存在

用法 ── 人的存在
　　　 具體事物的存在
　　　 抽象事物的存在

如何用 ── 會動的：いる ── 需視對象物
　　　　 不會動的：ある ── 當下的狀態爲何

❶也可表示抽象事物
❷「いる／ある」否定形：「いない／ない」

語氣轉折／逆接

逃跑雖可恥，但很有用

(🔍 學習目標)

❶ 表達「語氣轉折／逆接」的用法

語氣轉折是什麼呢？最典型的就是「雖然～ 但是～」的這種情境。除此之外，我們還會看到日文中用來表示前情提要／預告（前置詞）的用法。

🔍 **學習目標 ❶**

表達 「語氣轉折／逆接」 的用法

第一個用法	第二個用法
雖然～ 但是～ （逆接／結果與預期不同）	前情提要／預告 （前置詞）

べんきょう
勉強はしたが、
てんすう　　と
点数が取れなかった。
書的話，是唸了啦，但是沒拿到好成績。

えき　い
駅に行きたいんですが・・・
我想去車站。

*不知道路怎麼走時，就可以拿這句話當作開頭詞，用來提醒對方「注意接下來要說的話」。

情境一：逆接

逃げるは恥だが、役に立つ。

逃跑雖可恥但很有用。

文法重點：

(1) 這句其實很特別，大家學過助詞前面主要是接「名詞」對吧？但這裡直接在動詞原形「逃げる」的後方接上「は」，拿來表示話題。

(2) 句構上是大家熟知的「～は～です／～は～だ」。用「が」表示「逆接」（雖然～ 但是～）的意思。

句構

逃げるは　　　恥だが、　　　役に立つ
（話題／主格）　名詞（屬性）　動詞（慣用說法）

逃げるは

恥　　　役に立つ

+ だ
+ が

構成

語意 雖然～但是～（逆接）

例句 1

薬を飲んだが、効かなかった。　　　吃了藥，但是沒有效果。

*這裡用了動詞「飲む」表過去時間的「た形」：「飲んだ」。
*動詞「効く」雖然跟「去聽～」的「聞く」同樣發音，但是漢字不同、意思也不一樣，
　寫成漢字「効く」時，是「有效／起到作用」的意思。

例句 2

勉強はしたけど、点数が取れなかった。　　書的話，是唸了啦，
　　　　　　　　　　　　　　　　　　　　但是沒拿到好成績。

*大家有注意到「勉強」的後方是用助詞「は」嗎？還記得我們在前面的句型單元裡說
　過：「は」可以用來表達「前後對比」的感覺，這裡就是搭配上「逆接」的「が」，傳達
　出前後句的「對比感」。

情境二：前情提要／預告（前置詞）

すみません～ 最寄_{も よ}り駅_{えき}に行_いきたいんですが ...

不好意思，我想去離這裡最近的車站。

*來到一個陌生的地方，或者到日本玩時，就會很常用到這句話。這是一種「前情
提要／預告」，可以用在說話者「想請求別人做某事」或者「想提出某個問題」時，
就像是開啟新話題時的「開頭詞／前置詞」一樣。

句構

目的地

（私_{わたし}は）　　**最寄_{も よ}り駅_{えき}**　　**に**　　**行_いきたい**んですが

插入語（地點）　　　　　　動詞

（私_{わたし}は）

最寄_{も よ}り駅_{えき}に	行_いきたい
	+
	んですが

構成

Ｖ 常體 ＋ んですが／んだが

　　這是日文裡慣用的一種說法，但是沒有確切的中文對照翻譯。給人一種「前置詞／開頭詞」的感覺，有點像我們在跟人搭話時，會習慣說「那個，不好意思……」一樣，不過日文裡的「～んですが」、「～んだが」，用途會更廣泛些。

語意

例句 1

これを探<ruby>探<rt>さが</rt></ruby>しているんですが。　我正在找這個。

*浮現的情境可能會是：「你拿著照片跟店員說『我正在找這個商品』，想請教對方這裡有沒有賣」。

例句 2

食<ruby>食<rt>た</rt></ruby>べ方<ruby>方<rt>かた</rt></ruby>が分<ruby>分<rt>わ</rt></ruby>からないんだが。　我不知道怎麼吃（吃法）。

補充

　　表逆接的「が」，單純用來描述事實。如果想表達「些許不滿、可惜、結果讓人出乎意料」等更細膩的語氣，則可以用另一個逆接方式「～のに」。

べんきょう
勉強はしたが、
てんすう　と
点数が取れなかった。

書的話是唸了啦，但是沒拿到好成績。

べんきょう
勉強はしたのに、
てんすう　と
点数が取れなかった。

明明就唸了很多書，卻沒拿到好成績。

*改成「〜のに」，就會變成：「我明明
　有努力唸書！為什麼會考這麼爛?」這
　種帶有些許不滿的語氣。

💡 重點回顧

語氣轉折

用法 ──┬─ 雖然〜但是〜（逆接）
　　　　└─ 前情提要（前置詞／開頭詞）

如何用 ──┬─ 禮貌體／常體＋が
　　　　　└─ V 常體＋んですが／んだが (常用)

❶「けど」為「が」的口語用法
❷「のに」：有些許不滿／可惜／出乎意料的語氣，
　　而「が／けど」當作語氣轉折時，單純用來描述事實

比較表達

我比較喜歡新垣結衣

(🔍 學習目標)

❶ 表達「比較」的用法

　　在這個單元裡，我們主要會以「比較兩種人事物」時的用法做探討。
最後則會介紹表示「差距大」及「差距小」的用法。

🔍 **學習目標 ❶**
表達「比較」的用法

第一個用法	第二個用法
～より	～のほうが

周<ruby>しゅう</ruby>さんより高<ruby>たか</ruby>い。

比周先生高。

*主格省略，比較的對象是「周先生／
　小姐」

クラピカのほうが好<ruby>す</ruby>きだ。

我比較喜歡酷拉皮卡。

*「比起另一個角色，我更喜歡這個角
　色」的意思

情境一：

たいなん りょうり たいぺい あま
台南の料理は台北より甘い。

台南的食物比台北甜。

文法重點：

「より」的前方放置比較的對象「台北」，後方則接續形容詞「甘い」。
たいぺい　　　　　　　　　　　　　　　　　　　　　　　　　　あま

句構

たいなん りょうり
台南の料理は
（話題／主格）

たいぺい
台北より
插入語（比較對象）

あま
甘い
形容詞（特質）

たいなん りょうり
台南の料理
は

たいぺい
台北
より

あま
甘い

構成

N1 は ＋ N2 より ＋ 形容詞

語意　N1 比 N2 更～

例句

たいなん
台南のルーローファンは、
たいぺい　　しょくどう　　　やす　　た
台北の食堂より安く食べられる。

台南的滷肉飯比起台北的餐館更能夠以便宜的價格吃到。

*「ルーローファン」：滷肉飯。
*「安く食べられる」：形容詞改為副詞，修飾後方動詞，「安い」→「安く」，且把動詞「食べる」改為「可能形／能力形」→「食べられる」，所以「安く食べられる」就是「能夠以便宜價格吃到」的意思。

情境二：

　　　　　　　ほう　す
ガッキーの方が好きだ。　我比較喜歡新垣結衣。

*「～のほうが」，可以像上方這樣，把「ほう」寫成漢字的「方」。

句構

排他性／限定

　　　　　　　ほう　す
ガッキーの方が好きだ
受格（對象）　　　　な形容詞

おれ
（俺は）

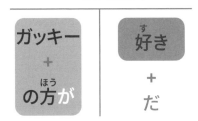

ガッキー + の方が	好き + だ

構成

$$N + の方が　　+ 好きだ$$

$$V 第三變化（原形）+ 方が好きだ$$

語意　我比較喜歡〜

例句

外に出るより、
家にいる方が好きだ。　　比起外出，我更喜歡待在家。

*助詞「より」的前方加了動詞「出る」：「加動詞」的頻率，比起「加名詞」來說，還是
比較少見些，不過偶爾還是會看到。
*「外に出る」：外出。

補充一：～ほど～ない

最後，補充比較兩個人事物「差距大」及「差距小」時的說法：

差距小	差距大

妹 はガッキーほど可愛く ない。	ガッキーは妹よりずっと可 愛い。
我妹沒有結衣那麼可愛。	結衣比我妹妹可愛太多了。
*「ほど」搭配上形容詞「否定ない形」，表達「沒有達到某種程度」的意思，跟右邊例句比起來，兩者之間差距比較「小」。	*「より」搭配上副詞的「ずっと」，表達「比起～，程度差得可多了」的意思，跟左邊例句比起來，兩者之間差距比較「大」。

補充二：疑問詞

疑問句裡，當我們想問對方「哪一個比較好」時，該怎麼說呢？

❶ 二擇一「どちら／どっち」	❷ 三個以上的選項

どっちがいい？	どれがいい？
你要哪一個？	你要哪個？

💡 重點回顧

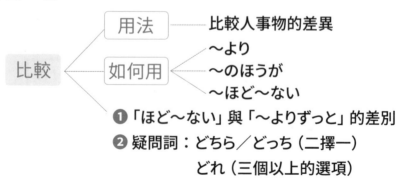

經驗表達

先不說那個了,你聽過天竺鼠車車嗎?

(🔍 學習目標)

❶ 表達「經驗」的用法

　　在這個單元裡,我們會介紹兩個跟「經驗」有關的用法。

　　其實,我們學過的「〜ている」也可以用來表達經驗;那,跟今天學的經驗表達有哪裡不同呢?最後我們也會做個比較〜

🔍 **學習目標 ❶**
表達「經驗」的用法

第一個

特別的經驗/特定的某個經驗

がっしょうむら　　い
**合掌村に行ったこと (が)
ある。** 有去過合掌村。

第二個

偶爾發生的事

がいしょく
たまに外食することもある。
(我) 偶爾也會吃外食。

第三個

用我們之前學過的「〜ている」。

253

情境一：特定的某個經驗

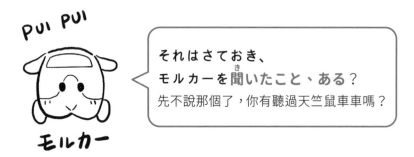

それはさておき、
モルカーを聞_きいたこと、ある？
先不說那個了，你有聽過天竺鼠車車嗎？

動詞原形：聞_きく

文法重點：

(1)「さておき」，把某個話題先「擱置一旁」。

(2)「聞_きく」：寫成「過去時間的た形」→「聞_きいた」再加上「ことある」，表達「你以前有聽過～嗎？」的意思。

句構

モルカー	を	聞_きいたこと、	ある？
（受格）標的		V 名詞化	動詞（無動作性）

モルカー を	ある？
聞_きいたこと （省略助詞）	

● 動詞後方加上「こと」，把動詞給「名詞化」，用來當作無動作性動詞「ある」的「對象」。

構成

V た形 ＋ こと(が)ある

語意 曾經～／有～過 （特別的經驗）

例句

ヨーロッパに行^いったことがある。 有去過歐洲的經驗。

*以出身在亞洲的我們來看，歐洲算是比較遠的地方，所以去過的人相對較少，普遍來說就稱得上是個「特別的經驗」。不過，如果是西方國家的人，歐洲對他們來說很近，常常去的話這件事可能就不算稀奇了，自然也就稱不上是個特別的經驗。所以，特不特別有時要基於說話者環境背景上的普遍共同經驗來判定。

情境二：偶爾發生的事

たまに間食^{かんしょく}することもある。
（我）偶爾也是會吃零食的。

*「たまに」是副詞用法，表達「偶爾～」的意思。

句構

たまに　間食（かんしょく）すること　も　ある

副詞　　　Ｖ名詞化　　　　　　動詞（無動作性）

| たまに | ある |
| 間食（かんしょく）すること
も | |

構成

Ｖ第三變化（原形）　＋　こともある

語意 有時會～／偶爾會～

例句

普段（ふだん）は自炊（じすい）だけど、たまに外食（がいしょく）することもある。

雖然平常都自己煮飯，但是偶爾也是會吃外食的。

*「普段（ふだん）」：「平常、日常、平時」之意，這裡還用到了表示逆接的「けど」。
*「動詞原形」：外食（がいしょく）する，直接加上「～こともある」即可。

補充一

接著，我們來比較一下，本單元的「經驗表達」跟之前看過的「～ている」(用途廣泛)，兩者之間有何差異？

特別的經驗（已經過去）	過去的經歷（影響至今）
V たことがある	**V ている**
かいがい　す **海外に住んだことがある**	むかし　かいがい　す **昔、海外に住んでいる**
曾經住在國外 (有住在國外的經驗)	以前住在國外

*闡述過去特別的經驗，有可能已經 跟現在的生活沒什麼關係了。

*「～ている」也可用來表達過往經驗。

*如果你現在的工作、生活，仍舊跟外 語、在國外生活過的經驗有著密切關 係，也可以用「～ている」來表達「這個 過去的經驗仍影響到現在」。

補充二

從前面的內容我們得知：「～たことがある」主要用來表達「特別的經 驗、值得一提的經驗」；而「過去時間た形」，則主要用來表達「過去發生 的事實」或「某個動作已經結束了」。（「目擊動作發生的當下」也會用到）

特別的經驗	過去發生的事實、動作結束

V たことがある

V た形

アイスランドに
行ったことがある。

アイスランドに行った。

我曾經去過冰島。

我去了冰島。

*表達出一個經驗，但現在已經離開
冰島了。

*「去」的這個動作已經結束了，而後續
發展如何？留在冰島？還是離開了？
從這句話無法得知更多細節。

💡 重點回顧

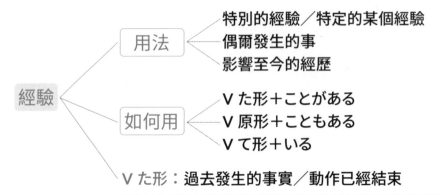

用法
── 特別的經驗／特定的某個經驗
── 偶爾發生的事
── 影響至今的經歷

經驗

如何用
── V た形＋ことがある
── V 原形＋こともある
── V て形＋いる

── V た形：過去發生的事實／動作已經結束

（ Q 學習目標 ）

❶ 表達「義務」的用法

　　所謂的「義務」，就是「必須做、不得不做」的意思，帶有強制性；在這個單元裡，我們要來介紹兩個表示義務時的常見用法。

Q **學習目標 ❶**
表達「義務」的用法

第一個用法	第二個用法
規定要做 （社會規範／義務）	不得不做

まも **守らなければならない。** 必須遵守。	**やらないといけない。** 不得不做。

情境一：規定要做

外に出る時、必ずマスクを
つけなければならない。
出門時一定要戴口罩才行。

動詞原形：つける

文法重點：

(1)　「外に出る」：是「出門、外出」的意思，以「常體」直接修飾後方的
　　　名詞「とき」即可。

(2)　這裡用了動詞原形「つける」的「ない形」：「つけない」，去掉字尾「い」
　　　之後加上「〜ければならない」。

(3)　這個句型是從「〜ば」假設用法再加上「ならない」組合而成的，表
　　　示「不做〜的話不行」，通常為社會規範或明文規定居多。

　　　*本書不會學到假設用法，建議大家直接把「〜ければならない」多唸幾次、
　　　整個記起來即可。

句構

マスク	を	つけなければならない
（受格）標的		動詞ない形 - い＋ければならない

外<ruby>に出<rt>そ</rt></ruby>る<ruby>時<rt>とき</rt></ruby>

外に出る時

マスク を	つけなけれ ばならない

構成

V ない形 - い ＋ ければならない

*大家有注意到除了前方用了動詞「否定ない形」之外，後方又接了另一個「ない形」
嗎？這個句型是典型的「負負得正」用法。

語意 必須〜／不得不〜　（負負得正）

例句

ワクチン<ruby>接種<rt>せっしゅ</rt></ruby>を<ruby>受<rt>う</rt></ruby>けなければならない。

必須接種疫苗。

補充 還有另一種講法：「〜なくてはならない」。

情境二：不得不做

当番<ruby>とうばん</ruby>だから、
やらないといけない。
輪到我當值了，所以不得不做。

*「とうばん（当番）」可以用在很多不同的場合上，可以是班級裡的值日生，也可以是職場上的值勤人員。大家輪流做的工作項目，被輪到的那個人就是「とうばん」。

動詞原形：やる

文法重點：

(1)　動詞原形「やる」的「ない形」：「やらない」直接加上「といけない」即可。

(2)　跟情境一一樣，把它拆開來看會發現是從假設用法組合而來的，表示假設／條件成立的用法有很多種，這裡用到的是「～と」。

句構

（私<ruby>わたし</ruby>が）当番<ruby>とうばん</ruby>　だから、　やらないといけない
主格　名詞（身分）　前提　　動詞ない形＋といけない

構成

V ない形 + といけない

語意　必須～／不得不～　（負負得正）

例句1

もっと勉強<ruby>べんきょう</ruby>をしないといけない。 不得不更加用功唸書才行。（直譯）

*也就是「得更用功唸書」的意思。

補充 另一個講法是「～なくてはいけない」。

補充：常用句型

即使不～也沒關係（～なくていい），允許他人「不做～也可以」。

言<ruby>い</ruby>わなくて　　いいよ！　你不用說出來沒關係！
字尾用い形容詞て形　　（沒關係）

V
ない－い＋くて
＝～なくて

一類：話<ruby>はな</ruby>す → ない形→話<ruby>はな</ruby>さない → 話<ruby>はな</ruby>さなくて
二類：起<ruby>お</ruby>きる → ない形 → 起<ruby>お</ruby>きない → 起<ruby>お</ruby>きなくて
する：ない形 → しない → しなくて
来<ruby>く</ruby>る：ない形 → 来<ruby>こ</ruby>ない → 来<ruby>こ</ruby>なくて

表達「即使不～也沒關係」的意思，給予他人「不做～也可以」的許可。い形容詞的「いい」在這裡不是「好、優良」，而是「沒關係、不會怎麼樣」的意思。

變化方式：還記得在講到「形容詞否定表達」的時候，有提過「い形容詞的て形用法」嗎？是「去掉字尾い加上くて」，對吧！而「否定ない形」剛好是以「い」爲結尾，變化方式跟「い形容詞」一樣。

💡 重點回顧

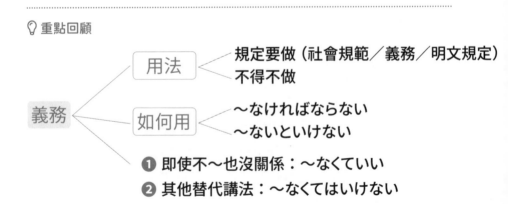

解釋／推論

人家就是喜歡嘛！

(🔍 學習目標)

❶ 表達「解釋／推論」的用法

這個單元要介紹的用法「んだ」，在日劇、口語會話中很常出現，一起來看看吧！

🔍 **學習目標 ❶**
表達「解釋／推論」的用法

這個用法的特色在於，雙方有著「共同的認知」，在這個認知之下，進一步針對細節或內情去說明或解釋。這是什麼意思呢？來看下方的範例：

第一個：針對某情況作解釋

<ruby>親<rt>おや</rt></ruby>と<ruby>喧嘩<rt>けんか</rt></ruby>したんだ。
因為我跟父母吵架了。

*假設，朋友看你心情不好、臉很臭，詢問之下發現「臉臭是因為跟父母吵架了的緣故」，當事人在針對該情況作解釋時，就有可能會用到「〜んだ」。

第二個：針對某情況作推論

<ruby>口<rt>くち</rt></ruby>を<ruby>利<rt>き</rt></ruby>かなくなったんだ。
所以才會彼此都不講話啊！

*假設，你看到朋友之間互不說話，打聽之下才知道「原來他們因為某些事吵架、翻臉了，正在冷戰」，這時也可能會用到「〜んだ」。

第三個：釐清不清楚的事情

& 找到不見的人／事／物

ここにいたんだ。

原來在這裡啊！

*釐清一直以來都搞不懂的事情，
　或找到不見的人事物等。

第四個：強調自身決心

君<ruby>きみ<rt></rt></ruby>と一緒<ruby>いっしょ<rt></rt></ruby>に面白<ruby>おもしろ<rt></rt></ruby>いドラマ
を作<ruby>つく<rt></rt></ruby>りたいんだ！

我想和你一同做出有趣的電視劇啊！

情境一 ：針對某情況作解釋

好<ruby>す<rt></rt></ruby>きなんだから！

人家就是喜歡嘛！

文法重點：

　　當別人看你每天都在喝珍奶，問你「幹嘛每天都喝？」時，就可以用「～んだ」來解釋「人家就是喜歡嘛」。因為是用來「解釋原因／內情」的，所以也時常搭配表因果關係的「～から」一起使用。

句構

好きな　　　　んだ　　から
す
な形容詞　　　（解釋／說明）　（原因）
（情感）

構成

常體 ── 動詞 ／ い形 ／ な形 ／ 名詞 + だ ── + んだ（＋から）

語意　那是因為～；是因為～的緣故

試験に落ちたんだから。　因為我沒考上啊！／我就沒通過考試啊！
し けん　お

*落榜時，朋友看你意志消沉，進一步詢問你原因時，就可以這麼回答。

補充　所以，用「～んだ」來「解釋原因」的時候，可以像例句這樣，適時地加上「～から」。（語氣也變得更強烈些）

情境二：針對某情況作推論

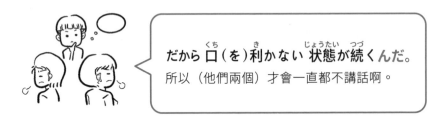

だから 口（を）利かない 状態が続くんだ。
所以（他們兩個）才會一直都不講話啊。

*也就是「冷戦」的意思，也可以說成「冷戦状態」。

句構

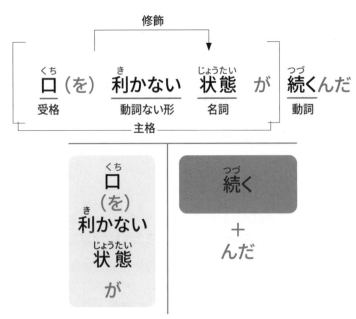

構成

語意　所以才～（推論／下結論）

例句

だから機嫌が悪いんだ。　所以（他）心情才會那麼差啊！
*「機嫌が悪い」是指「心情不好」的意思。

補充

　　「～んだ」當作「推論／下結論」使用時，可以依照情況、適時地在前方加上連接詞「だから」，表達「所以～；因此～」的意思。

注意　「だから」放在句首時，也可能用來表示「不耐煩」、「對方讓自己一再重複已經說過的話」，這種情況反而會給人一種不好的觀感或負面的語氣。「だから」放句首時，得視情況小心斟酌使用。

情境三：釐清不清楚的事情 & 找到不見的人／事／物

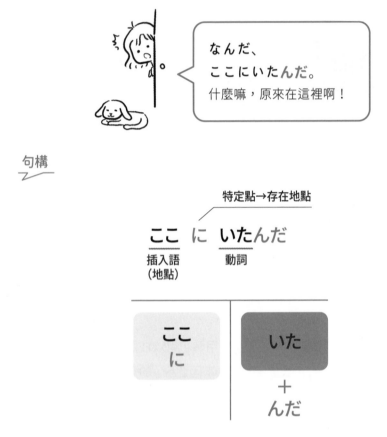

なんだ、
ここにいたんだ。
什麼嘛，原來在這裡啊！

句構

特定點→存在地點

ここ　に　いたんだ
插入語　　　動詞
（地點）

ここ に	いた
	＋ んだ

　　用了一個存在動詞「いる」，還記得我們前面有提過「目擊的當下」也可能會用到「過去時間」嗎？這裡就把「いる」改成了過去時間的「いた」。

構成

（語意） 原來是～（釐清不懂的事情；找到不見的人事物）

（例句） そうなんだ。 原來是這樣啊！（答腔／表示已理解對方說的話）

*爲「相當典型、出現頻率極高」的固定說法。

💡 重點回顧

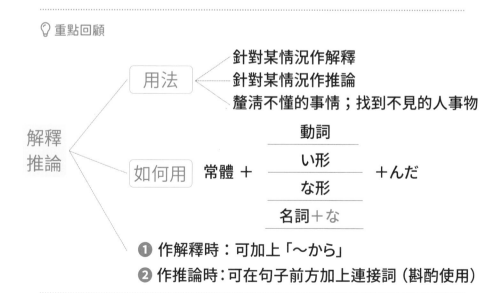

Day 39

事態變化

結衣要結婚了

（🔍 學習目標）

❶表達「事態變化」的用法

　　事態變化是什麼意思呢？範圍很廣泛，比方說「能力」、「習慣」、「規定」、「狀況」等的變化，都算是一種事態的變化。而今天介紹的用法呢，就會運用到變化動詞「なる」。

🔍 **學習目標 ❶**

表達「事態變化」的用法

暖身一下

い形	厳し<del>い</del>（きび）	→ 厳しくなる（きび）
名詞／な形	社会人（しゃかいじん）	→ 社会人になる（しゃかいじん）
	海賊王（かいぞくおう）	→ 海賊王になる（かいぞくおう）
	元気<del>な</del>（げんき）	→ 元気になる（げんき）

(1) 可能性／能力／習慣／規定改變（重點在事態本身的發展、轉變）

見（み）えるようになった。　（變得）看得見了。

(2) 狀態／狀況改變（他人／團體的決定居多）

イベントが中止（ちゅうし）することになった。 活動停辦了。

*主辦單位因為某些因素而暫停活動。

情境一：規定改變

りょこう い
旅行に行ける
ようになった！
可以去旅行了！

文法重點：

　　解封之後取消了各種外出時的限制，大家久違地外出遊玩，
這就是一種轉變。這些表達「事態變化」的用法，因為變化往往
都是已經發生的事，所以時常會搭配「過去時間た形」。

句構

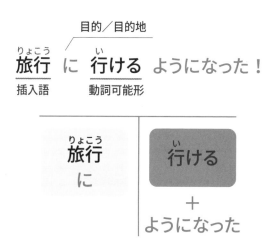

目的／目的地

りょこう　　　　　　　い
旅行 に 行ける ようになった！
插入語　　　動詞可能形

りょこう
旅行
に

＋

い
行ける

＋
ようになった

構成

常體 V	原形	+	ようになった
	可能形		

語意 變得能～／變得有在～（規定／可能性／能力／習慣）

例句 1

日本語が話せるようになった。　變得能說日文／會說日文了。
(に ほん ご　はな)

例句 2

我が子が勉強するようになった。　我家孩子現在變得有在唸書了。
(わ こ　べんきょう)

補充

接續方式主要有兩種選擇，可以是「常體動詞的原形」或「常體動詞的可能形」再加上「ようになった」。搭配原形的話，表達的是「習慣上的改變」，而可能形則表達了「可能性／能力上的改變」。

情境二：狀態改變

ガッキーが結婚す
ることになった。
結衣要結婚了。
(けっこん)

不～

*當我們想要強調「這個事態的轉變是他人或團體決定的」時，我們會用「ことになった」來表達。
*下決定的當事人其實也可以用，反而能達到「收斂個人主張」的效果。

句構

表示主格

ガッキーが

けっこん
結婚することになった

動詞原形

ガッキー
が

けっこん
結婚する

＋
ことになった

構成

V 原形 + ことになった

語意 事情發展變成～（說話的重點放在「由他人或團體所下的決定」）

例句

てんきん
転勤することになった。 我要調職了。

*不是自己、而是他人下的決定，可能是「上司」或「公司」下達的命令。

補充一

明明是自己決定的，卻用「ことになった」的情況。

結婚することになった。　我們要結婚了。

*有的時候，即便事態的變化是出自個人的決定，還是可以依說話者自身的講話習慣，使用「ことになった」。比如「結婚」這件事，雖然是新郎新娘本人下的決定，但是爲了避免凸顯「強烈的個人主張」（這是我做的決定！）、給人一種過於強勢的印象，可能就會改用「ことになった」，聽起來就會顯得內斂、委婉些，也較符合大多數日本人的講話習慣。

補充二

<table>
<tr><td>個人意願</td><td>個人決定</td></tr>
<tr><td>
しごと
仕事をやめる。
我要辭職。
</td><td>
しごと
仕事をやめることにした。
我（最後）決定要辭職。
</td></tr>
<tr><td>
大家都有學過，我們可以直接用「原形」，來表達「個人意願」。
</td><td>
如果這個舉動「不是當下的決定」，而是「思考、策劃了一段時間後」才下的決定的話，則可以這樣使用。
</td></tr>
</table>

*比起「仕事をやめる」，「仕事をやめることにした」更多了一些思考過程，傳達出「考慮了很久」、「終於下定決心要辭職了」的語意。

補充三

名詞（年齡／時間） + になる：快要～

もうすぐ３０歳になる。　我快要30歲了。

入社してもうすぐ一年になる。　進公司快1年了。

今年で２０歳になる。　今年就要20歲了。

*「20歲」的唸法相當特別喔！是唸成「はたち」。

💡 重點回顧

事態變化

用法 — 可能性／能力／習慣／規定改變
（事態本身的發展、轉變）
狀態／狀況改變（他人／團體的決定居多）

如何用 — V 原形／可能形＋ようになった
V 原形＋ことになった

❶ 即便是自身決定，也可以用「～ことになった」
❷ ことにする：比個人意願 (原形) 多了一些「過程」（有經過時間醞釀）

總結

progress

（🔍 學習目標）

❶ 如何運用這些表達法？　　❷ 運用前的注意事項

　　我們已經在前面的章節裡，看到了許多常見的表達方式和例句。那，要如何讓自己能加以活用這些句子呢？

　　在本書的最後一個單元，我們會提供一些方向給大家參考。另外，在使用這些表達法之前，別忘了多留意我們提過的——用法的「使用時機」及「情境」，避免造句時中翻日所導致的誤用。

🔍 **學習目標 ❶**
如何運用這些表達法？

一、初階：套用造句（不適用全部情況）

　　直接套用有其限制喔！通常都是用在「直接換掉名詞就好」的例句上。

<ruby>今夜<rt>こん や</rt></ruby>は、＿＿＿＿＿を<ruby>注文<rt>ちゅうもん</rt></ruby>したい！
（食物／店名）

今晚我想點～

<ruby>私<rt>わたし</rt></ruby>は、＿＿＿＿＿ができる。
（動作性名詞）

我會～／我能夠～（比如說開車或者游泳之類的）

＿＿＿＿＿を<ruby>聞<rt>き</rt></ruby>いたこと、ある？
（人事物等名詞）

你有聽過～嗎（聽說過某項資訊）

二、進階：試著搭配不同的動詞，並注意其助詞的搭配

舉例一   ⟶   <ruby>日記<rt>にっき</rt></ruby> を <ruby>書<rt>か</rt></ruby>こう！

勧誘：   ⟶   <ruby>鬼滅<rt>きめつ</rt></ruby> を <ruby>見<rt>み</rt></ruby>に<ruby>行<rt>い</rt></ruby>こう！

                      ⟶   <ruby>台湾<rt>たいわん</rt></ruby> で <ruby>会<rt>あ</rt></ruby>おう！

<ruby>字<rt>じ</rt></ruby>を<ruby>書<rt>か</rt></ruby>く   <ruby>学校<rt>がっこう</rt></ruby>で<ruby>会<rt>あ</rt></ruby>う

寫字   在學校見

作法

（1）查字典：查好「想用的動詞」屬於動詞的哪一類 → 依照類別，變化成該動詞的勸誘形。

（2）助詞的搭配：剛開始學日文時，對於助詞的概念一定會有模糊的地方。（這是正常的）在不確定「該動詞該搭配哪一個助詞」的情形下，建議大家可以用我們介紹過的字典 App，輸入動詞原形後，就會出現很多與該動詞相關的例句。

大家可以從中尋找意思較接近的例句，並參考字典裡搭配的助詞。

舉例二   ⟶   <ruby>臭<rt>しゅうどう</rt></ruby> <ruby>豆腐<rt>ふ</rt></ruby>を<ruby>食<rt>た</rt></ruby>べたこと、ある？

經驗：   ⟶   <ruby>台湾<rt>たいわん</rt></ruby>に<ruby>来<rt>き</rt></ruby>たこと、ある？

                      ⟶   <ruby>試合<rt>しあい</rt></ruby>に<ruby>勝<rt>か</rt></ruby>ったこと、ある？

<ruby>ご飯<rt>はん</rt></ruby>を<ruby>食<rt>た</rt></ruby>べる   <ruby>試合<rt>しあい</rt></ruby>に<ruby>勝<rt>か</rt></ruby>つ

吃飯   贏得比賽

🔍 學習目標 ❷
運用前的注意事項

<u>一、文體：依需求，選擇使用「常體」或「禮貌體」</u>

$$\underline{\text{ガッキーの}\overset{\text{ほう}}{\text{方}}\text{が}\overset{\text{す}}{\text{好き}}}\text{だ}$$

$$=\underline{\text{ガッキーの}\overset{\text{ほう}}{\text{方}}\text{が}\overset{\text{す}}{\text{好き}}}\text{です}$$

<u>二、選擇「禮貌體」時，把句子的「句尾」部分改為禮</u>
<u>貌體即可。</u>

<u>常體</u>

（O）　ワクチン接種を受けるつもりだ

<u>禮貌體</u>

（X）　ワクチン接種を受けますつもりです

↓

（O）　ワクチン接種を受けるつもりです

本書提到的禮貌體並不多，大多是「〜です」或「〜ます」。

三、な形容詞＆名詞：注意接續時的習慣

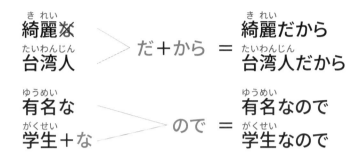

四、常體的各種接續方式 （依句意改變時態）

動詞 喧嘩^{けん か}したんだ／怒^{おこ}っているんだ

*接續的方式不限原形，會依照句意做各種轉變：可以是「過去時間」的「喧嘩^{けん か}した」，也可以是表「留存結果／狀態」的「怒^{おこ}っている」。

形容詞和名詞比較單純，最常見的就是時間的變化：「現在時間」或「過去時間」。

い形 時間^{じ かん}がないから／時間^{じ かん}がなかったから

*「時間^{じ かん}がない」：現在時間 ，「時間^{じ かん}がなかった」：過去時間。

な形＆名詞 好^すきだから／好^すきだったから

*「好^すきだ」：現在時間，「好^すきだった」：過去時間。

五、注意各類表達方式的用法及情境

可能性／能力

（△）旅行（りょこう）できる

→ X（能力上）可以去旅行

→ O（規定上）可以去旅行（疫情後）

經驗

（△）教育（きょういく）を受（う）けたこと（が）ある

*經驗表達也必須是個「特別的經驗」，但經驗的「特殊性與否」是會被生長的背景環境影響的。以上方的例句來說：在台灣，由於教育的普及率很高，就會導致這句話聽起來怪怪的；相反的，如果是在教育普及率不高的國家或地區，當「受教育這件事變得很稀奇、特殊」時，就可以這麼說。

💡 重點回顧

① 如何運用

→ 初階：套用造句（不適用全部情況）
→ 進階：自行搭配各種不同的動詞／名詞／形容詞

② 運用時需注意

→ 常體／禮貌體的選擇
な形／名詞接續時的習慣
常體依句意改變時態
→ 衍生出許多接續習慣
各類表達方式的用法及情境

國家圖書館出版品預行編目（CIP）資料

40天基礎日語自學課/楊筠Yuna著. -- 初版. -- 臺中市：晨星出版有限公司, 2023.12
288面；16.5×22.5公分. -- (語言學習；39)
ISBN 978-626-320-607-6(平裝)

1.CST: 日語 2.CST: 讀本

803.18   112012328

語言學習 39

40天基礎日語自學課
化繁為簡×時事引導，一步步帶你進入日語世界

作者	楊筠 Yuna
編輯	余順琪
校對	楊筠、高慧芳
封面設計	初雨有限公司
美術編輯	初雨有限公司

創辦人	陳銘民
發行所	晨星出版有限公司
	407台中市西屯區工業30路1號1樓
	TEL：04-23595820　FAX：04-23550581
	行政院新聞局局版台業字第2500號
法律顧問	陳思成律師
初版	西元2023年12月15日
初版二刷	西元2024年06月05日

讀者專線	TEL：02-23672044 / 04-23595819#212
	FAX：02-23635741 / 04-23595493
	E-mail：service@morningstar.com.tw
網路書店	http：//www.morningstar.com.tw
郵政劃撥	15060393（知己圖書股份有限公司）

印刷	上好印刷股份有限公司

定價 380 元
（如書籍有缺頁或破損，請寄回更換）
ISBN：978-626-320-607-6

本內頁手繪插圖皆由作者繪製

Published by Morning Star Publishing Inc.
Printed in Taiwan

|最新、最快、最實用的第一手資訊都在這裡|